Yilin Classics

Le Roman de Renart

列那狐的故事

[法国] 保兰 · 帕里 编著
陈伟 译

译林出版社

图书在版编目（CIP）数据

列那狐的故事 /（法）保兰·帕里编著；陈伟译
.—南京：译林出版社，2022.10
（经典译林）
ISBN 978-7-5447-9378-0

Ⅰ.①列…　Ⅱ.①保…②陈…　Ⅲ.①童话－法国－近代　Ⅳ.①I565.88

中国版本图书馆 CIP 数据核字（2022）第 147589 号

列那狐的故事　［法国］保兰·帕里／编著　陈　伟／译

责任编辑　唐洋洋
装帧设计　陈天岷
校　　对　王　敏
责任印制　董　虎

原文出版　Gallimard, 1962
出版发行　译林出版社
地　　址　南京市湖南路 1 号 A 楼
邮　　箱　yilin@yilin.com
网　　址　www.yilin.com
市场热线　025-86633278
排　　版　南京展望文化发展有限公司
印　　刷　南京新世纪联盟印务有限公司
开　　本　880 毫米 ×1240 毫米　1/32
印　　张　9.125
插　　页　4
版　　次　2022 年 10 月第 1 版
印　　次　2022 年 10 月第 1 次印刷
书　　号　ISBN 978-7-5447-9378-0
定　　价　39.00 元

CONTENTS · 目录

第二部　审判

引　子

狐狸和狼如何来到世界上，为什么前者叫列那，后者叫伊桑格兰。

朋友，您一定听说过很多故事：比如帕里斯是如何劫走海伦的[①]，特里斯丹[②]是如何吟诵籁歌《金银花》[③]的，还有狮子和绵羊的故事，以及许多寓言和武功歌[④]。但是，您却不曾知道发生在列那和他老朋友伊桑格兰之间那场没完没了的争斗吧！要是您愿意的话，我可以告诉您这场争斗的起因；而在此之前，我得先说说那对冤家是如何来到这世界上的。

一天，我打开一个秘柜，惊喜地发现一本关于打猎的书。封面上

---

① 帕里斯是希腊神话中特洛伊国王普里阿摩斯之子，因诱拐了斯巴达国王墨涅拉奥斯的妻子海伦，从而挑起了特洛伊战争。（本书注释如无特殊说明，为译注。）

② 中世纪骑士传奇《特里斯丹和绮瑟》的主人公。骑士特里斯丹奉命赴爱尔兰，为叔父科努瓦尔国王马克迎娶金发姑娘绮瑟。在返回途中，特里斯丹和绮瑟误喝了本该让绮瑟和国王马克永生相爱的魔水，两人坠入情网。但这对难以摆脱爱情纠葛的恋人后来只能忍痛分手。在一次战斗中，特里斯丹身负重伤，在绮瑟的怀中死去；绮瑟也在特里斯丹身边殉情。

③ 籁歌是盛行于中世纪欧洲的一种叙事诗，形式为八音节押韵对句，内容往往是叙述一则恋爱故事，带有明显的骑士故事色彩。《金银花》描写的是法国传说特里斯丹与绮瑟的爱情故事。特里斯丹被国王赶出宫廷，藏身于森林中，得知恋人绮瑟要出宫散步，便将刻有自己名字的金银花枝掷于她必经之路。被迫嫁给国王的绮瑟得知后，遣开随从，逃进森林，与特里斯丹相会。特里斯丹死后，坟上生出一株金银花，其根在土中蔓延到绮瑟的坟中，紧紧缠绕在后者周围。作品歌颂了生死与共、忠贞不渝的纯真爱情。

④ 中世纪骑士文学的一种体裁，讲述勇敢无畏、荣誉至上和光明磊落的骑士阶层，在城堡和集市广为吟唱。

一个巨大的烫金字母引起了我的注意；原来书是关于列那如何出世的。要不是我亲自读过这本书，而是听别人讲述这个故事的话，我一定会把那个人当作醉鬼。好在我们对文字总是肃然起敬；您也知道，不相信书本的人很有可能会不得善终。

那本书上说，我们的祖先罪该万死，受到了上帝的惩罚；但他们刚被赶出伊甸园，上帝就为他们的命运担心起来。他把一根魔杖交到亚当手中，告诉他说，如果他想得到所需要的东西，只要用魔杖抽打海面就可以了。亚当立刻试了一下：他将魔杖横在咸涩的海水上面，当即就看到了一只绵羊。“太好了，”他暗想，“有了绵羊，我们就会有羊毛、奶酪和羊奶了。”

夏娃看到绵羊，就想得到更好的东西。她想，有两只绵羊总比只有一只好。于是她要求丈夫让她也试一试。对妻子，亚当从来都是有求必应的（这一点我们早就知道，只能自认倒霉）。夏娃接过魔杖，拍了一下水面；刹那间，一只凶恶的狼蹿了出来，扑向绵羊，叼着它逃进了附近的树林。听到夏娃痛苦的尖叫，亚当又举起魔杖，拍打下去；一条狗飞快地朝狼逃跑的方向追去，不一会儿，它带着绵羊回来了，可绵羊早已经鲜血淋漓。

书上说，我们的祖先欣喜万分，因为狗和羊离不开人类。就这样，亚当和夏娃每用一次魔杖，就会有一种新的动物钻出海面；不过不同的是，亚当造就的总是已经被驯服了的家畜，而夏娃造就的却是一些野兽，它们和狼一样，无一例外地逃进了树林。

在这些野兽中，有一只狐狸，长着一身棕红色的毛皮；他那作恶多端的本性、狡猾机敏的头脑，让世上所有的动物都自叹弗如。在鬼点子这一方面，这只狐狸与从前被称作“列那”的那位老伙计有惊人的相似之处；直到今天，人们还用这个名字来称呼那些招摇撞骗的家伙。列那之于人，就像狐狸之于动物：两者有相同的本性、相同的爱好、相同的习惯，所以他们的名字也可以相互借用。

列那的叔叔叫伊桑格兰，他是一个凶残暴躁的家伙，是所有凶犯和强盗的首领。因此，在我们的故事当中，狼和伊桑格兰的名字将混为一谈。

伊桑格兰的妻子叫艾尔桑，她和强盗丈夫沆瀣一气，骨子里却叛逆不忠，长着一张粗糙如酒糟一般的脸；出于同样的原因，她将被视作母狼的代表。她和母狼同样贪得无厌：她们秉性相同，性格相同，就像出自同一个娘胎的姊妹。不过有一点必须承认：狼和狐狸之间并没有真正的血缘关系，只是在他们相互走动，有什么共同利益或需要共同行动的时候，狼才把狐狸看成自己的好侄子，而狐狸则称呼狼为叔叔和朋友。至于列那的妻子，她叫丽舍[①]，在诡计方面丝毫不输给母狐狸，可以说是半斤八两。我们从来没有见过如此绝配的两对：列那和狐狸都很狡猾，而丽舍和母狐狸则同样贪婪。

朋友，您现在认识了狼伊桑格兰和狐狸列那；看到狼和狐狸像伊桑格兰和列那那样开口说话，您可不要大惊小怪：我们家门前的教士兄弟们告诉我们，同样的事情从前曾在一头驴的身上发生过，那头驴属于一个名叫巴兰的先知。国王巴勒迫使巴兰答应去诅咒以色列人的孩子；上帝不愿让巴兰受苦，便派天使手持亮剑挡住座驴的去路。无论巴兰是用鞭子抽、用笼头砸，还是用脚后跟踢这可怜的畜生，都无济于事；最后，驴子在上帝的许可下开口说话了："放过我吧，巴兰，别打我了；您没看见是上帝在阻止我前进吗？"[②]您不用怀疑，上帝肯定也能让所有其他动物开口说话；他甚至还能做得更多：他可以让一个高利贷者大发善心，打开钱包。当然，您在听我讲述了列那和伊桑格兰的全部故事以后，就会知道这一点了。

---

① 后文讲列那的妻子给自己改名为"艾莫莉娜"。参见故事八开头。

② 这个故事见《圣经·旧约·民数记》第二十二章记载。

第一部

故事一

列那如何在夜间偷走伊桑格兰的腌猪肉。

一天早晨，列那双眼迷离、毛发凌乱地走进叔叔的家。“你怎么啦，我的侄子？你气色不太好，”屋子的主人说，“是不是病了？”

“是呀，我感觉不太舒服。”

“你还没吃饭吧？”

“没有，我一点都不想吃。”

“行了！好吧，艾尔桑大妈，赶快起床，给你亲爱的侄子做一串猪腰吃，他一定会喜欢的。”

艾尔桑从床上起来，准备照丈夫的话去做。可是，列那想从他叔叔那里得到的岂止是这些。他看见房梁上挂着三块肥美的腌猪肉，其实他就是被这肉的香味吸引来的。“啊呀，”他说，“腌猪肉这样挂着太危险了！您知道吗，叔叔，假若您的邻居（不管是哪一个，他们都是一丘之貉）看见，一定会向您索要的。我要是您，就会马上把它们取下来，然后大张旗鼓地告诉别人，肉被偷走了。”

“啊！”伊桑格兰说，“我可不担心这些腌肉；那些家伙即使看到了，也永远别想尝到它的滋味。”

“这怎么可能？如果他们问您要呢？”

“要也没用；这肉我不会给世界上的任何人，哪怕是我的侄子、我的兄弟。”

列那也不多说；他吃完猪腰串，便告辞了。可是，第二天，他趁着漆黑的夜色，回到了伊桑格兰的屋前。屋里的人都在熟睡。他爬上屋顶，在上面挖出一个小洞，钻了进去，拿到了腌肉，把它们带回了家；然后，他把腌肉切成小块，藏在床褥的草垫里。

天亮了。伊桑格兰睁开睡眼：怎么啦？屋顶被掀开了，腌肉——他心爱的腌肉——被偷走了！“来人哪！抓贼呀！艾尔桑！艾尔桑！我们完了！”

艾尔桑从梦中惊醒，披头散发地直起身子：“出什么事了？噢！太意外了！我们遭窃了！该向谁去报案呢？”夫妻俩争先恐后地大呼小叫，却不知窃贼是谁；他们绞尽脑汁，也猜不出这起盗窃案的元凶。

这时，列那来了：他酒足饭饱，精神焕发，一脸的惬意。“嗨！叔叔，您怎么了？您气色不太好，是不是生病了？”

“不生病才怪呢！还记得我那三块肥美的腌肉吗？它们被偷了！”

“哈！”列那笑着回答，“是呀，一点不错！您就应该这样说：它们被偷了。好，很好！可是，叔叔，这还不够，您应该到街上去大叫一番，让邻居们都不再怀疑。”

“啊呀！我对你说的可是真话；我的腌肉被偷了，那肥美的腌肉！”

“得了！”列那回答，“在我面前您就不用说这种话了，我知道：越是叫苦的人，越是没有苦。那些腌肉早就被您藏到了过往行人看不见的地方。您做得对，我非常支持您。”

“怎么！你这个幸灾乐祸的家伙，你难道就是不愿相信我吗？我告诉你，我的腌肉被偷了！”

“说吧，一直说下去。”

“你不相信我们，这样可不好，”这时艾尔桑大妈说话了，“你知道，如果腌肉还在的话，我们会很乐意和大家一起分享的。”

“我知道您会使很多花招。不过这些花招并不一定都划得来：您瞧，您的房顶上有一个洞；您不得不这样做，这一点我同意，但要修补它可是一项大工程。窃贼就是从这个洞口进来的，对吗？也是从那里逃走的？”

“不错，的确如此。”

“您也只能这么说。”

“不管怎样，”伊桑格兰一边转动着眼珠，一边说，“要是我抓到那个偷肉贼，那就活该他倒霉！”

列那不再吱声；他好看地噘了噘嘴，暗笑着走开了。这就是第一个故事，是在列那小时候发生的。后来，他将做得更妙，可是其他所有人——特别是他亲爱的老朋友伊桑格兰——却倒霉了。

故事二

列那如何进入康斯坦·戴诺瓦的农庄，如何抓走尚特克莱尔，又如何没能把他吃掉。

过了几天，列那来到树林中的一个村庄，那里住着许多公鸡、母鸡、公鹅、母鹅，还有鸭子。树林里还住着一个富裕的农夫，名叫康斯坦·戴诺瓦，他家里藏满了好吃的食物，包括鲜肉和腌肉。屋子的一边种着苹果树和梨子树，另一边则是放养家禽的院子，院子周围围绕着用橡树桩搭起的围墙，上面覆盖着茂密的山楂叶。

康斯坦·戴诺瓦就在这里安心地放养着他的家禽。列那走进树林后，悄悄地朝围墙靠近。但是，围墙上纵横交错的荆棘却使他无法越过树篱。他看着母鸡们，监视着她们的一举一动，可就是不知道如何才能接近她们。只要他离开躲藏的地方，甚至只要他妄想从栏杆上跳过去，就会立刻被发现，家禽们就会逃进荆棘丛，而人们也就会来追逐他、捕捉他，他连拔下一根小鸡的毛的时间都不会有。为了吸引家禽们，他不停地拍打自己的肋部，缩起头颈，摇晃尾巴尖，可这一切都无济于事，他的伎俩没有一个起作用。

最后，他发现树篱上有一根断裂的木桩，可以从那里轻易地进去。于是，他纵身一跃，掉在了农夫的菜地里。列那掉下来的声音惊动了整个养鸡场；家禽们惊慌失措，纷纷朝鸡舍逃去。这可不是列那的错！而在另一头，公鸡尚特克莱尔刚从树篱巡视回来，看见自己的臣民们慌不择路地四处逃窜，很不理解。所以，他垂下羽毛，伸长脖子，来到他们中间，用指责和不满的口气问：“为什么这么急匆匆地逃回家去？难道你们都疯了吗？”

品特是鸡群中最漂亮、下蛋最大的母鸡，她回答道：“那是因为我们感到害怕。”

“怕什么？难道有什么东西使你们害怕吗？”

“是的。”

“是什么？”

“是一只树林中的野兽，他可能会伤害我们。”

“得了！”公鸡说，“这里看上去风平浪静。别走，我保证你们没事。”

“噢！您瞧，”品特叫道，“我刚才又看见他了！”

“你？”

“对。至少我看见树篱在摇晃，菜叶在颤抖，那野兽肯定就躲在下面。”

“闭嘴，你这个傻瓜，”尚特克莱尔骄傲地说，“别说狐狸，就连黄鼠狼都不可能进来：这树篱不是扎得很紧吗？安心睡觉去吧，再说，有我在这里保护你们呢。”

说完，尚特克莱尔就去扒一堆粪便了，他似乎对这堆粪便很感兴趣。不过，品特的话一直在他耳边回响。他也不知道将会有什么样的大难临头，所以尽管内心慌张，他表面上还是装出一副镇定自若的样子。他登上屋顶，睁一只眼闭一只眼，单脚站立，时不时地左顾右盼着。直到他守累了、唱乏了，才不知不觉地昏昏睡去。

他做了一个奇怪的梦：似乎看见什么东西从院子里朝他走来，让他一阵惊悚。那东西给他一件棕红色的兽皮，边上还镶着白色的小点；他把兽皮套在身上，兽皮很窄，而且也不知为什么，他是从领子部分开始往下套的，所以当兽皮穿上身之后，他的脑袋就碰到了兽尾的根部。另外，兽皮的毛在外面，这与通常的穿法完全相反。

尚特克莱尔吓得跳了起来，惊醒了。“上帝呀！”他一边说一边画着十字，“请保佑我远离死神和监牢！”他跳下屋顶，去树篱下寻找四散在荆棘丛中的母鸡们。他叫来了品特：“亲爱的品特，说实话，这次是我感到担心了。”

“看来您是想嘲笑我们，”母鸡回答说，“您就像一条狗，还没有被石头打到，就汪汪乱叫。好吧，怎么了？”

“我刚才做了一个奇怪的梦，请您告诉我您对这个梦的想法。我好像看见什么东西朝我走来，它穿着一件棕红色的皮袄，皮袄做得很好，没有一点剪裁的痕迹。我被迫穿上它；皮袄的边就像象牙一样洁白、坚硬，毛在外面；那东西让我反着穿上它，我想把它脱下来，挣扎的时候就惊醒了。您非常聪明，告诉我应该怎样理解这个梦？”

“这一切只是一个梦，”品特认真地说，“人们都说梦是谎言。不过，我想我猜得出您这个梦的预兆。那个穿棕红色皮袄的东西恰恰就是狐狸，他要把您吃掉。那些如同象牙颗粒一般的镶边是白色的牙齿，您也感觉到了它们的坚硬。皮袄狭窄的衣领是那头恶兽的咽喉，您被咽下后脑袋就会碰到他的尾巴，而尾巴的毛是露在外面的。这就是您这个梦的解释；也许中午以前这个梦就会成真。所以请您听我的话，不要犹豫，马上躲起来。我再说一遍，他就在这里，在这荆棘里，他在等候时机抓您。”

可是，尚特克莱尔这时已经完全醒了，他又恢复了先前的信心。“品特，我的朋友，”他说，“您太胆小了，这就是您的弱点。您怎么能假设我会被躲在院子里的野兽抓去呢！您一定是疯了，只有疯子才会被梦吓倒。”

“还是让上帝来评判吧，”品特说，“不过，要是您的梦还会有什么其他含义，我以后就不再要求享有您的任何恩宠。”

“好了，好了，我的大美人，”尚特克莱尔扬起脖子说，“您真唠叨。”说着，他又回到那堆粪便前，愉快地扒拉起来。不一会儿，他又疲倦地闭上了眼睛。

再说列那，他一字不漏地听到了尚特克莱尔和品特的对话。看到公鸡如此懈怠，他很高兴。当他确信公鸡已经睡着的时候，便稍稍动了动，悄悄地将一只脚放到另一只的前面，然后一跃而起，想把公鸡抓住。然而，尽管列那蹑手蹑脚，但还是被尚特克莱尔发现了，公鸡一跳，飞到那堆粪便的另一边，及时地避开了攻击。列那沮丧地意识到自己扑了个空；现在该用什么办法逮住逃脱的猎物呢？“啊！我的上帝，尚特克莱尔，”他温柔无比地说，“您对我避之不及，好像见了我感到害怕似的，我可是您最好的朋友。行行好，就让我告诉您：见到您如此精神饱满、如此轻盈敏捷，我心里有多么高兴呀！要知道，我们可是堂兄弟。”

尚特克莱尔没吱声，也许是因为他戒心未消，要不就是听到一个自己不认识的亲戚夸奖自己，高兴得连话都说不出了。不过，为了表示自己并不害怕，公鸡引吭高歌了一曲。“好呀，唱得真好！”列那说，“您还记得您的父亲尚特克兰吗？啊！听歌就要听他唱的。公鸡中再也不会有像他唱得那样出色的了。我记得他的嗓音是那么高昂、那么清澈，方圆一里之外都能听见；如果他想不换气唱出一个长音，就会张开嘴，闭上眼。”

“堂兄，”尚特克莱尔说，“您是否想嘲弄我？”

“我，嘲弄我的朋友，我的近亲？啊！尚特克莱尔，您可不知道，其实我这个人什么都不喜欢，就喜欢听美妙的音乐，而且我是个行家。您要是愿意，可以唱得很好；您只要稍稍眯起眼睛，唱您最拿手的歌就行了。”

“可是，”尚特克莱尔说，“首先，我能听信您的话吗？如果您真的要听我唱，那就离我远一点：在一定距离之外，您可以更加清晰地听到我最高的音调。”

“好吧，”列那说着，勉强往后挪了挪，“堂弟，现在让我瞧瞧您是不是我叔叔尚特克兰真正的儿子。”

公鸡睁一只眼、闭一只眼，不无戒备地开始高歌。“说真的，”列那说，“您唱得并不怎么样；可尚特克兰，啊！他呀，差别太大了！只要他一闭上眼睛，就能把曲调唱得悠扬无比，连树林外的人都能听到。说真的，可怜的朋友，您比不上他。”这些话刺痛了尚特克莱尔，为了赢得堂兄弟的尊敬，他忘记了一切，他眯起眼睛，竭尽全力把音符拖得长长的。列那认为时机已到，如箭一般扑上前去，咬住公鸡的头颈，叼着猎物夺路而逃。品特看见后，发出一声凄厉的尖叫：“啊！尚特克莱尔，我早就对您说过，为什么您就不信呢！现在列那把您抓去了。啊！可怜的我呀！失去了丈夫、失去了主人、失去了世上我最亲爱的人，我该怎么活下去呀！”

不过，列那抓住可怜的公鸡的时候，天已经亮了。看守院子的老妇人打开了鸡舍的大门。她叫着品特、碧斯、路赛特的名字，可是没有人回答她；她抬起眼睛，看见列那正叼着尚特克莱尔没命地逃跑。“哎呀，哎呀！”她叫道，“抓狐狸呀！抓贼呀！！”农夫们闻声从四面八方赶来：“出什么事了？干吗大惊小怪的？”

“哎呀！”老妇人又叫道，“公鸡被狐狸抓走啦。”

“嗨！你这个恶妇，”康斯坦·戴诺瓦说，“你为什么不制止他？”

“因为他可不想等我。”

“你应该揍他。”

“用什么揍？”

“用你的纺锤。”

“他跑得太快了，即使是您的布列塔尼猎狗也赶不上他。”

“他是往哪里跑的？”

“那边；瞧，在那儿，您看见了吗？”

这时候列那越过了树篱；可是，农夫们听见他掉到外面地上的声音，便追赶起他来。康斯坦·戴诺瓦放出了高大的看门狗莫瓦赞。狗嗅到了列那的逃跑路线，越追越近，眼看就要赶上他了。“抓狐狸！抓狐狸！”列那拼命跑着。

“列那先生，”这时，可怜的尚特克莱尔断断续续地说道，“难道您就这样听任农夫们侮辱您吗？如果我是您的话，我就会回击，我也会辱骂他们。只要康斯坦·戴诺瓦对他的伙计们说‘列那把他抓走了’，您就回答：‘是的，就在您眼皮底下，尽管您不乐意。’只有这样才能使他们闭嘴。”

人言道：聪明一世，糊涂一时。超级骗子列那这次上当受骗了。他听见康斯坦·戴诺瓦的声音，便得意地回答道：“是呀，农夫们，我抓走了公鸡，尽管你们不乐意。”然而，尚特克莱尔一俟狐狸的牙齿松开，就立刻奋力逃脱出来，拍打着翅膀，飞到邻近一棵苹果树高高的枝头上；列那则既恼怒又惊讶，他转过身来，意识到自己干了一件不可挽回的蠢事。“啊！我的堂兄，”公鸡对他说，“现在可是您考虑改变命运的时候了。”

“该死，”列那说，“我这张嘴，不该说话的时候偏偏就喜欢多话！”

“是呀，”尚特克莱尔继续说，“骗子站在眼前的时候，本该把眼睛睁得大大的，可我却把眼睛闭上了。您瞧，列那，相信您的人才是疯子，让您的堂兄堂弟都见鬼去吧！我差点为此付出惨重的代价。至于您，如果想保住您这身皮毛的话，我奉劝您撒开双腿赶快跑吧。”

列那无心回答。矮树丛使他躲过了农夫们的追捕。他垂头丧气、腹中空空地走开了；而公鸡则在农夫们回来之前，高高兴兴地回到了院子。因为他的不幸，母鸡们悲痛欲绝；现在他回来了，他的女友们也都恢复了平静。

编著者的话：这世界上没有什么事情比发生在列那和公鸡、母鸡之间的冲突更确凿可靠了。可是对于冲突的背景，人们却众说纷纭：在故事发生的地点、受害者的姓名，以及好几个轻重不一的细节方面，不同的版本都有出入。对此我在这里不敢妄加评判；不过，为了帮助大家自己判断哪一种说法更加准确，我在讲完刚才发生在康斯坦·戴诺瓦家的故事之后，还要告诉大家列那在村长贝尔东庄园里的冒险。在我看来，这其实是同一个故事，只是讲述的方法有所不同罢了：只要有两个多少目睹过同一件事情的讲述者，类似的情况就一直会发生。这第二个故事是从比埃尔·德·圣–克鲁①那里听来的，但愿它至少给您带来和前面一个故事同样的愉悦。请听。

① 比埃尔·德·圣–克鲁：法国教士，12世纪后期将流传于民间的列那狐的故事以文字形式表现出来，被认为是《列那狐的故事》最早的作者之一。

故事三

村长贝尔东如何上列那的当，列那又如何上诺瓦莱的当。

出生在圣-克鲁[①]的比埃尔应朋友们的要求，一直打算把几个关于列那的精彩故事写下来，因为那个坏家伙曾经让多少善良的人吃尽了苦头。如果大家安静地听一听，一定可以发现很多有教益的东西。

那是五月，山楂树开满了花儿，树林和草地一片碧绿，鸟儿们不分昼夜地唱着新曲。只有列那躲在莫贝杜伊的城堡里闷闷不乐：家里已经断粮了，孩子们饿得哇哇直叫，特别是大病初愈的艾莫莉娜更是饿得动弹不得。他只好外出打猎；出门的时候，他向上帝的圣骨发誓，不找到丰盛的食物就不回家。

列那走进树林，他不走左边的大路，因为大路不是为他而造的。转了好几个弯之后，他终于来到一块草地上。"啊！圣母马利亚！"列那惊叹道，"还有什么地方能比这里更加舒适呢！简直就是一个人间天堂：河水、鲜花、树木、山丘，还有草地。谁能在这里生活一辈子，那真是太幸福了，这里有那么多唾手可得的猎物！不过，田野再绿，花儿再香，却改变不了这样一句俗话：'饥饿所迫，疲于奔命。'"

① 法国地名，位于巴黎西郊。

列那长叹一口气，继续赶路。他就像一头被饥饿逼出树林觅食的狼，拼命地跑着。他一会儿上坡，一会儿下坡，眼睛四处张望，希望碰巧能看见一只鸟儿或者兔子闯进他的视野。他发现一条通往附近农庄的小路，便不顾生命危险，毅然走了上去。不一会儿，列那就来到了农庄的围墙前：他一边沿着曲折的树篱行走，一边念念有词地祈求上帝保佑他平安无事，并赐予他食物，好让妻子和孩子们开心。

在继续讲故事之前，我得告诉大家，这个农庄的主人是一个富有的农民，从这里到特洛伊（我指的是小特洛伊，也就是普里阿摩斯国王[1]从来没有统治过的那个特洛伊），您找不到第二个和他同样富有的人。他的房子紧靠着树林，里面藏着各种各样让您垂涎欲滴的农产品：公牛和母牛，公羊和母羊，母鸡、阉鸡和鸡蛋，还有奶酪和鲜奶。要是列那能有办法进去，那么他肯定就是最幸福的狐狸了！

可这恰恰也是最难做到的事情。无论是房子、天井还是花园，四周都围绕着用又长、又尖、又牢固的木桩做成的围墙，围墙边还有一条灌满水的壕沟。我在这里不需要说花园里面果树成荫，树上都结着漂亮的果实，因为列那对水果并不感兴趣。

那个农民名叫贝尔东，也有人叫他村长贝尔东；他不很聪明，却非常吝啬，一心只想着敛财。他宁愿割断自己的脖子，也不会吃一只自己养的鸡，所以他那数目庞大的鸡群根本不担心会成为主人的盘中美餐；只是每星期他总会拿几只鸡到集市上去卖。至于列那，他对如何处置那些母鸡和阉鸡却有着截然不同的看法；要是他能进入农庄，您可以肯定他会亲口品尝里面那些漂亮房客们的肉，看看他们究竟鲜美与否。

值得列那庆幸的是，那天贝尔东一个人在家。他妻子去城里卖纱

① 古希腊神话中的特洛伊国王。

线了，儿子们则各自在田里干活儿。列那走过一条穿越麦田的狭窄小路，来到树篱前；他一眼看见许多阉鸡在阳光下沐浴着，而诺瓦莱则站在中间，懒散地眨着眼睛；离他不远的地方，母鸡和小鸡们争先恐后地用脚扒着堆在荆棘丛后面的干草。这对于饱受饥饿折磨的狐狸来说，是多么大的刺激！可是，此时此刻，敏捷和创意都没有多大用处：列那来回走动，绕着树篱走了一圈又一圈，没有看见一处缺口。最后，他在一条用来排雨的水沟边上，发现了一根老朽的木桩，似乎不那么牢固。于是他纵身一跃，跳过水沟，掩没在树丛之中，然后停了下来。想到渴望已久的肥大阉鸡以及美味的鸡肉，列那兴奋得连胡须都颤抖起来。他一动不动地伏在一根荆条下面，一边等待时机，一边侧耳倾听。

这时候，快乐自信的诺瓦莱在花园里来回踱步，他叫着母鸡们的名字，一会儿甜言蜜语，一会儿大声训斥；他不知不觉地走近列那藏身的地方，在那里扒拉起来。突然，列那钻了出来，猛扑上去；他以为能够得手，可是却扑了个空。诺瓦莱迅速一闪，扇动着翅膀，一边跳一边跑，还发出阵阵求救的叫声。

贝尔东听见了，他走出屋子，循着声音望去，很快就发现了正在追逐公鸡的狐狸。“啊！是你，你这个盗贼！看我怎么收拾你。”

他回到屋里，并非去取什么锋利的兵刃（他知道农民是无权使用兵刃来对付野兽的），而是拿出一张被烟熏得乌黑的网；这网肯定是魔鬼织的，因为每一个网眼都那么牢固！原来农民是希望用这张网抓住盗贼。列那意识到了危险，便躲到一棵巨大的白菜下面。贝尔东从来没有打过猎，他只是把网歪歪扭扭地罩在菜地上，扯开嗓子拼命地叫喊，想吓倒列那：“啊！盗贼！啊！畜生！我一定会逮住你的！”他一边喊，一边用木棍敲打着白菜。列那被逼得走投无路，不得不一跃而起。可是他能逃到哪里去呢？只能是自投罗网。他的处境越来越艰险：网在不断收紧、合拢；他的脚、身体、脖子全被缠住了。而且他越是挣扎，网就缠得越紧。看到狐狸受尽折磨，农民得意万分："啊！列那，你总算遭报应了，这回你死定了。"说着，贝尔东抬起脚，踩在俘虏的喉咙上，准备开始执法。列那抓住机会，对准农民的脚后跟，狠狠地咬了下去。贝尔东的尖叫声成了列那报仇的第一个信号。这一口咬得农民疼痛至极，以至于他摔倒在地，失去了知觉。不过，不一会儿他就清醒了过来，使劲想摆脱狐狸的牙齿。他挥舞拳头，砸在列那的背上、耳朵上和脖子上；列那全力躲闪，却依然紧咬牙关。他甚至还乘胜追击，以一个漂亮的动作，截住了贝尔东挥舞的右手，并将它和脚后跟咬在一起。可怜的贝尔东，你何必和列那作对呢！干吗不让他去抓那些公鸡、阉鸡和母鸡呢？"狗被逼急了会咬人"，你应该早一点想到这条谚语的。

列那咬住了农民的脚后跟和手，便改变了态度，他以胜利者的姿态说："我以我爱人的名义发誓，今天你死定了。别指望买通我，即使你给我皇帝的宝贝，我也不要；你已经被困住了，就像查理曼大帝被困在朗松①一样。"

这时，农民惊恐绝望到了极点。他两眼流泪，心底里叹着气，可怜巴巴地请求饶恕："啊！饶了我吧，列那先生，看在上帝的分上，饶了我吧！您可以对我发号施令，告诉我您要我干什么，我一定服从；您愿意接受我，让我在有生之年成为您的仆从吗？您愿意……"

"不，农夫，我什么都不要：刚才你还在谩骂我，发誓不会放过我，现在轮到你自己了。感谢圣人！现在要接受惩罚的是你，混蛋！我抓住了你，我要把你关起来，押到圣人面前，他会惩罚你的，谁让你刚才如此凶恶地对待我。"

---

① 法国地名，位于南方普罗旺斯地区的罗讷河口。

“列那先生，”农民抽泣着继续说道，“您就对我发发慈悲吧：不要惩罚我。我知道我对您不敬，我真是个该死的贱人。您说我怎样赔偿您吧，我一定照办。您可以把我当作您的仆人、您的奴役，您可以拿走属于我的一切，甚至我的妻子。难道您与我和解有什么不值得吗？您可以从我家拿走您想要的任何东西，它们都属于您。您可以向我所有的物品征税。有一个可以支配这么多财物的人当仆人，难道不是一件好事吗？”

在这里，我们应该说几句列那先生的好话：他看到农民为了保护他的公鸡，一把鼻涕一把泪地向他求饶，心底里不禁产生了一丝怜悯。“好了，农夫，”他对农夫说，“别哭了，住嘴吧。这次我可以饶恕你，但以后你永远不得再犯；否则，我要是让你逃脱惩罚，我就不去见我的妻子和孩子！在松开你的手和脚之前，你必须发誓，不再做任何反对我的事情。我一放开你，你就要履行你的诺言，放弃你所拥有的一切。”

“我俯首听命，”农民说，“上帝会为我担保，保证我在任何时候都会信守诺言的。”

贝尔东说的是实话；其实，他虽然吝啬，但很正直；他的话就像神父那样可以信赖。

“我相信你，”列那说，“我知道你是出了名的老实人。”

说着，他松开了农夫。贝尔东获释之后的第一件事，就是扑倒在列那的脚下，他的泪水沾湿了列那的皮毛，他伸出差点被咬掉的那只手，指着最近的那座寺院，用习惯的方式，向列那发誓。

“现在，”列那说，“你要做的第一件事，是把这该死的网从我身上拿走。”农民照办了，列那恢复了自由。“既然你说从今往后要听从我的意愿，我现在就要考验考验你。你知道，我已经盯了诺瓦莱一天了，你去给我把他抓来；要是办到了，你就是我的朋友，你刚才发的誓也一笔勾销。”

“啊！先生，”贝尔东回答，“您为什么不要点更好的东西呢？这只公鸡的肉又老又难啃，他已经两岁多了。我拿三只鲜嫩的小鸡跟您交换他吧，小鸡的肉和骨头肯定更加适合您。”

“不，我的朋友，”列那接着说，“我对小鸡不感兴趣，你还是留着他们吧，快去把那只公鸡抓来。”

农民不再申辩，他嘴里嘟嘟囔囔地走开，朝诺瓦莱跑去，追赶了一阵后，把他逮住了，带到列那面前：“给，先生，这是您要的诺瓦莱。不过，看在圣人的分上，我宁愿拿我最好的两只阉鸡跟您交换。我非常喜欢诺瓦莱，没有一只公鸡在母鸡面前像他这样殷勤、警惕；同样，他也深受母鸡们的爱戴。不过，既然您选中了他，先生，就把他拿去吧。”

“很好，贝尔东，我很满意。作为满意的表示，你刚才发的誓就一笔勾销了。”

“太感谢了，列那先生，上帝和圣母都会保佑您的！”

贝尔东走开了。列那叼着诺瓦莱，满心喜悦地走上了回莫贝杜伊的路，心想：一会儿就可以和心爱的艾莫莉娜分享这只可怜的公鸡的肉和骨头了。但是，他没有料到后来发生的事情。

他走过一座小丘，小丘上有一条小路，蜿蜒着通向另一个村庄；这时，他听见公鸡在低声抱怨。那天列那的心肠特别软，便大发慈悲地问公鸡为什么哭泣。“您知道，”公鸡说，“我的生辰不好，所以只能替贝尔东这个天下最忘恩负义的农夫还债！”

“在这个问题上，诺瓦莱，”列那说，“你错了。你应该表现得勇敢一些。听我一句话，我的好诺瓦莱。老爷是否有权决定农奴的命运呢？当然有，对吗？这就像我是一名基督徒一样理所当然。主人生来就是发号施令的，而仆人则注定要百依百顺。仆人有义务为主人献出生命；再说，还能有什么死法比这更加光荣的呢？你也知道，诺瓦莱，你已经听别人说过成百上千次了。不错，要是没有你，贝尔东就得拿他自己的命来还债：要是他不能拿你抵他的命，现在他早就已经归天了。所以你要勇敢一些，我的朋友诺瓦莱：你会伟大而光荣地死去，你会有天使相伴，你将永远生活在上帝的目光下。”

“我非常愿意，列那先生，”诺瓦莱回答，“我不是因为面对死亡而感到害怕和难受；不管怎样，我注定要像十字军骑士那样死去，像他们一样被钉在十字架上。让我感到难受的，是我的那些阉鸡朋友们，特别是我心爱的美丽母鸡们，您刚才在树篱边上也见到过她们；有一天，她们也会被吃掉，但她们的灵魂却不会像我这样永生。好了，不再想这些了！列那先生，给我一点勇气吧；比如，要是您能为我唱一段虔诚的歌曲，帮助我去到天堂的门前，那您就是做了一件大好事。这样，我就会忘记我将死去，我将受到上帝子民们更好的款待。”

“就这点小事，诺瓦莱？”列那立刻答道，“嗨！你干吗不早说呢！我以艾莫莉娜的名义告诉你，我不会拒绝你的要求。你听好。”

于是列那唱起了一首新歌，诺瓦莱听到后似乎非常开心。当列那唱出一个长音的时候，诺瓦莱一个挣扎，逃脱出来，拍打着翅膀，飞到旁边一棵高大的榆树上。列那见状想抓住他，可是已经晚了。他把前肢搭在树干上，直起身体，不时地跳着，可就是无法碰到树枝。“啊，诺瓦莱，”他说，“这样可不好：你使用诡计欺骗了我。”

“您意识到了？”诺瓦莱回答，“很好，可你刚才没有意识到。不错，您也许不应该唱歌；所以我请您别再继续唱下去了。再见，列那先生！回去休息吧；等您睡醒了，或许会找到新的猎物！”

列那羞愧万分，不知如何回答、该做什么。“我的上帝！”他暗想，“俗话说得对：‘口蜜腹剑’；农谚说得也不错：‘勺中食物送进嘴，须经千山与万水。’今天我总算领教了。加图[①]也曾说过：‘说少者才能多吃。’我怎么没有记住呢！”他一边走，一边还在嘟囔着：“今天真晦气、真愚蠢！都说我能干，说我骗人就像黄牛犁地一样拿手；可现在我竟然让一只狡猾的公鸡为我上了一堂骗术课！但愿此事不会被张扬出去，不至于传到宫廷之中！否则我真要名誉扫地了。”

编著者的话：早在尚特克莱尔和诺瓦莱诞生前很久，伊索就曾经让乌鸦唱过歌了。总有那么一些人（当然，那是在古代）非常善于让别人唱歌。请听比埃尔·德·圣-克鲁是如何为狐狸和乌鸦的伊索寓言增添新的情趣的。

① 加图（前234—前149年），古罗马政治家、演说家，历史上第一位重要的拉丁散文家。

故事四

乌鸦铁斯兰如何偷到奶酪，列那如何从他手里夺走。

平原上开满了鲜花，远处是两座高山，一条清澈的小溪缓缓流过。这天，列那看见对岸有一棵榉树，远离所有的小道，孤零零地竖在山脚下。于是他越过小溪，来到树下，像平时那样围着树干转了几圈，然后舒舒服服地伸开四肢，躺在阴凉的草地上，一边喘气，一边纳凉。这里的一切是如此惬意！哦，不，我说得不完全对，不是“一切”，因为列那隐隐感到一丝饥饿，而且这感觉似乎没有办法抹去。正当他在为该干什么而一筹莫展时，乌鸦铁斯兰先生从附近的树林里飞了出来，在草地上空盘旋了片刻，然后朝一小片灌木丛俯冲下去，似乎那里有什么好东西在等着他。

原来，灌木丛里摊着许多奶酪，晒在太阳底下。看守奶酪的农妇回家去了，暂时不在，铁斯兰便抓住机会，落在看上去最为鲜美的那块奶酪上，叼起它便走；就在这时，农妇回来了。“啊，漂亮的先生，难道我的这些奶酪是为你晒的吗？”说着，老妇人捡起石块向乌鸦投去。“住嘴，住嘴，老太婆！”铁斯兰回答道，“要是有人问起是谁偷走了奶酪，你就说：‘是我，是我！’看守不卖力，可以喂饱一只狼呢。”

铁斯兰飞着离开灌木丛，落在列那先生遮阴纳凉的榉树枝头。虽然他俩一个在树上，一个在树下，但境遇却大不相同。铁斯兰品尝着他最爱吃的食物，而列那虽然对那块奶酪以及奶酪的主人垂涎欲滴，但只能眼睁睁地看着他们，可望而不可即。奶酪已经晒得半干了，很容易下咽：铁斯兰先是咬下最金黄、最鲜嫩的那一块，接着开始吃外面的那层皮。一小块奶酪掉了下来，落在大树底下。列那抬起头，看见铁斯兰扬扬得意地站在枝头，用爪子抓着奶酪。

“对，我没有看错；是铁斯兰先生。朋友，愿上帝保佑您，还有您的父亲，他可是一位著名的歌唱家！听说，从前全法国没有一个人唱得比他更好听。要是我没说错，您本人也是搞音乐的：我记得很久以前您就学会演奏管风琴了，对吗？说真的，既然今天有幸见到您，您肯定不会拒绝我的请求，演唱一小段歌曲吧！”

狐狸的话对于铁斯兰来说真是无比动听，因为他自称是世界上最出色的音乐家。于是，他立刻张开嘴巴，发出一阵长长的“啊——”声。“是这样唱吗，列那先生？”

“是的，”列那答道，“您唱得不错，不过，要是您愿意的话，还可以把音调唱得更高。”

“您听着。”乌鸦放开嗓子，更加努力地唱着。

“您的嗓子非常好，”列那说，“但是，如果您少吃点核桃，肯定会更好。没关系，请继续唱吧。”

乌鸦一心要夺取演唱冠军，所以唱得忘乎所以。为了使声音更加洪亮，他不知不觉地松开了抓住奶酪的爪子。奶酪掉了下来，恰巧落在列那跟前。这个贪得无厌的家伙高兴得浑身颤抖，却不动声色，打算将奶酪连同虚荣的歌手一网打尽。

“啊！上帝，”他一边说，一边装出使劲要站起来的样子，“您让我在这世界上受了多少苦呀！我现在连动都不能动，我的膝盖疼死了；这块掉下来的奶酪真难闻，叫人难以忍受。医生曾经告诉我，这臭味对于受伤的腿来说是最最危险的，他们叮嘱我永远不能吃奶酪。所以，亲爱的铁斯兰，请您到树下来，把这可恶的东西给我拿走。要不是那天我在离这儿不远的地方掉进了该死的陷阱，弄折了腿，我是不会请您帮这个忙的。可我将不得不待在这里，直到有一天找到灵丹妙药，治好伤病。"

这些话，加上各种痛苦的表情，叫人怎么可能怀疑呢？再说，铁斯兰刚刚听完列那夸奖他的嗓子，心情异常愉快，于是他飞下树来。但是一旦来到地上，靠近了列那，他不由得踌躇起来。他尾巴拖在地上，一步一步地前进着，眼睛警觉地盯着狐狸。"上帝，"列那说，"您快点呀，快过来；我是个残废，有什么可怕的？"

铁斯兰走近了几步。列那按捺不住，扑了上去，但没有抓住乌鸦，只抓到三四根羽毛。

"啊，列那，你这个骗子！"铁斯兰说，"我早该知道你在骗我！为此我付出的代价是我身上最美丽的四根羽毛。不过，你不会再得到更多的东西了，你这个恶毒的盗贼！上帝会诅咒你的！"

列那恼羞成怒，还想为自己辩解。他说是因为关节突然一阵疼痛，迫使他身不由己地跳了起来。铁斯兰可不相信："留着奶酪吧，我不要了；不过我的命你可得不到。你现在放声大哭、尽情呻吟吧，我再也不会来救你了。"

"那就滚蛋吧，你这个聒噪的丧门星，"列那说着恢复了常态，"只可惜没能让你永远地闭嘴。"接着他又说道："这真是一块美味至极的奶酪，我从没吃过这么好吃的，我正需要这样的奶酪来治疗腿伤呢。"

吃完奶酪，列那轻盈地踏上了去树林的小路。

故事五

列那如何没能得到梅桑热的和平之吻。

列那上了尚特克莱尔和铁斯兰的当，正在懊悔不已，突然看到梅桑热站在一棵老橡树上，原来她把刚孵出的小山雀全都安顿在树干里面了。于是列那上前跟梅桑热打招呼："我来得正好，朋友；请您下来吧，请您给我一个和平之吻，我相信您是不会拒绝我的。"

"您，列那？"梅桑热道，"得了，谁不知道您过去和现在完全不一样，又有谁不清楚您的阴谋和诡计！再说，我根本不是您的朋友；您之所以这样称呼我，只是不想因为说一句实话而破了您自己的习惯。"

"您可真不宽厚！"列那回答，"您的儿子经过洗礼，就是我的教子，而我也从来没有做过什么让您不高兴的事情。即使我曾经做过，我也不会挑今天这样的日子再犯呀。您听着：我们的国王诺布尔陛下刚刚下令全面和平；上帝保佑，但愿这和平会持续下去！所有的贵族都发过誓了，他们保证摒弃前嫌。这样，平民百姓可就高兴了；争吵、官司和谋杀的时代一去不复返了；邻里之间将会相互友爱，大家都将高枕无忧。"

"您知道吗，列那先生，"梅桑热说，"您刚才的话太美好了，我很愿意相信；但是，您还是去别处找人吻您吧，我可不想开这个先例。”

“事实上，朋友，您过于戒备了；要是我不能得到您和其他人的和平之吻，我会非常难受的。这样吧，您下来吻我，我闭上眼睛。”

“要是这样，我倒是可以吻您，”梅桑热说，“看看您的眼睛，是否已经闭上？”

“是的。”

“那我来了。”

说着，梅桑热抓起一小块青苔，轻轻放到列那的胡须上。列那感觉到有东西碰到了胡须，立刻一跃而起，想抓住梅桑热，可是一无所获。他羞愧不已。

“啊！这就是您的和平，您的吻！如果说和平已经破裂，那么这完全是您的责任。”

“嗨！”列那回答，“您没看出来我是在开玩笑吗？我想试试您的胆量。好了，我们重新开始吧。瞧，现在我的眼睛已经闭上了。”

梅桑热觉得这游戏很好玩，便飞着、跳着，不过她很小心。列那再一次露出了狰狞的牙齿。

“您瞧，”梅桑热对狐狸说，“您是不会成功的；我宁可跳进火堆，也不会投入您的怀抱。”

“上帝，”列那说，“您怎么能一有风吹草动，就这样浑身哆嗦呢！您总是怀疑暗藏着陷阱，这样做只有在和平宣布之前才是正确的。好了！再来第三次吧，看在圣父、圣子和圣灵的分上，这次可是认真的了。我再说一遍：我曾许诺要给您一个和平之吻，我要完成这个心愿，哪怕只是为了我幼小的教子——我听见他在旁边的树上唱歌呢。”

列那一心一意地说着，可梅桑热却一点都不听，她再也不愿离开橡树枝头了。这时，来了一群猎人和猎犬，他们都是教士先生的手下，吵吵闹闹地走近这里。人们先是听见号角声，接着突然传来“狐狸！

狐狸！”的叫喊声。听到这可怕的叫喊，列那顾不上梅桑热，夹起尾巴，夺路而逃，以免成为猎犬口中的美餐。

这时，梅桑热对他说：“列那，您干吗走呀？不是说缔结和平了吗？”

“是的，缔结了。”列那回答，“可是还没有公告。也许这些年轻的猎狗们还不知道他们的父亲已经签了字。”

“您停一停，我下来吻您。”

“不，没有时间了，我还有很多事要办。”

故事六

杂务修士如何没有放出狗来。

可是祸不单行：列那逃离了梅桑热，正想溜回树林，不料却迎面碰上了一个杂务修士。这种人有着农夫和仆役的双重身份，他们出于爱德或因为欠债，过着僧侣的生活，并为僧侣打杂，替他们看守土地和园子。除了“杂务修士”的称呼，别人还叫他们“皈依僧侣”。他们受人蔑视，而事实上他们的确也不值得别人尊敬。

眼前的这位杂务修士牵着两条猎狗。一个仆役看见了列那，便向修士高声叫道：“放狗！放狗！”

列那意识到了危险。逃跑是不可能了，于是他毅然迎上前去。杂务修士见到他说：“啊！可恶的畜生，果然是你！”

“修士先生，”列那回答，“您是一位公正的人：每个人都有自己的权利。您看见了吗？我和那些狗在进行一场竞赛，谁跑得快谁就能赢。要是您放开这两条猎狗，他们就会阻碍我获胜，您也会因此而遭到指责。”

杂务修士是个本性单纯的人，他一边挠额头一边想：“圣母呀，列那先生的话也许是对的。”于是他没有放开那两条猎狗，只是祝列那好运。

列那加快脚步，钻进树林，在众人的追赶下跑上一块平地。平地尽头有一条宽阔的水沟，列那穿了过去。猎狗们来到沟边，失去了线索，犹豫一番后便打道回府了。列那逃脱了猎狗们锋利的牙齿，总算定下心来。他累得筋疲力尽，但却骗过了对手。尽管休息了几个小时以后，他仍然饿着肚子，但至少他恢复了轻盈的步伐，重新燃起了打猎和寻食的热情。

故事七

列那如何遇见鱼贩，如何得到鲱鱼和鳗鱼。

大家看到，列那并非事事如意，也不一定一帆风顺。当夏日过去、严冬来临时，他经常会家徒四壁、揭不开锅：连放高利贷的人都不愿借钱给他，商人们就更不用说了。

在一个忧郁的日子里，列那饿得发慌，便走出莫贝杜伊的家，暗暗下定决心，不弄到吃的就不回来。他先来到小河和树林之间，钻进一片灌木丛中。可是不久，他就厌倦了徒劳的搜寻，于是他来到大路边上，蜷缩在车辙中间，伸长脖子，东张西望。

大路上空无一人。列那希望能撞上好运，来到斜坡上的一道树篱前。终于，他听见了车轮的声音。那是鱼贩们从海边回来，他们带回了新鲜的鲱鱼；最近一个星期和风吹拂，渔民们收获颇丰；鱼贩们的篮子里装满了鱼，他们一路走，一路还收购了很多鳗鱼。

马车走到一箭之遥的地方，列那清晰地嗅到了鳗鱼的味道，便立刻计上心来：他神不知鬼不觉地爬到大路中央，伸开四肢，躺在地上，还龇牙咧嘴地伸出舌头，一动不动，大气不喘。马车过来了；一个鱼贩四处张望着，发现路上躺着什么东西，便对同伴说："我没看错，那是一只狐狸，或是一只獾子。"

“是狐狸，”同伴说，“快下车，把他抓来，千万别让他跑了。”

他们停下马车，走到列那跟前，用脚踢他，用手拧他、拉他。看到他一动不动，鱼贩们便认定他已经死了。

“我们不用费力气了。他的毛皮值多少钱？”

“四块银币吧。”一个鱼贩回答。

“我看至少值五块，”另一个鱼贩说，“你看他喉咙的毛多白、多密呀！现在正是卖毛皮的季节。把他扔到车上去吧。”

说干就干。两个鱼贩抓住列那的脚，将他扔到装鱼的篮子中间，然后又赶着马车上路了。他们正为这笔横财感到庆幸，并且约定到家之后，就把列那的毛皮平分了。

不过列那可并不为此担心，他知道，说归说，做归做，两者之间相隔万里呢。他争分夺秒地把爪子搭在一个鱼篮的边上，慢慢直起身子，掀开篮盖，一口气吃了二十多条最好的鲱鱼。之所以这样做，是因为他实在饿极了。不过他并不着急，甚至还有时间为没有盐而感到遗憾；当然，他不仅仅满足于此。旁边的篮子里装着许多鳗鱼，他又吃了五六条最漂亮的。

现在的问题是如何把鱼带回家，因为他已经不饿了。怎么办呢？列那看到车上有一捆用来穿鱼的柳条针，他抽出两三根来，穿进鳗鱼的脑袋，然后转动身体，鳗鱼便像三根腰带一样绕在了他的身上，最后他把腰带的两端系好。下车的时候到了，这对列那来说易如反掌；只是他要等马车驶上绿草地，这样下车时他就不会发出声音，也不怕鳗鱼会掉到地上。

下车后，列那还懊悔自己没把车上的一块锦缎拿下来。“上帝保佑你们，好心的鱼贩们！”他对他们喊道，“我像兄弟一样分享了你们的快乐：我吃了你们最大的鲱鱼，带走了你们最好的鳗鱼；不过大部分鱼我还是留下了。”

鱼贩们大惊失色！他们叫道："抓狐狸！抓狐狸！"可是狐狸根本不怕，因为他跑得更快。"倒霉！"鱼贩们说，"我们非但没能从这该死的畜生身上捞到什么好处，反而损失了这么多鱼！你瞧瞧，鱼篮被糟蹋成什么样了；真希望他吃饱了撑死！"

"随你们的便，"列那回答，"不管是你们还是你们的诅咒，我都不怕。"说完，他优哉游哉地踏上了回莫贝杜伊的路。他那贤惠善良的妻子艾莫莉娜在家门口等着他，而他的两个儿子——马尔布朗什和贝尔斯艾——则满怀崇敬地前来迎接他。看到列那带回来的东西后，大家高兴万分、久久拥抱。"开饭！"列那大声宣布，"把门关好，别让任何人来打搅我们。"

故事八

伊桑格兰如何想要皈依宗教，如何被接纳为蒂龙修道院的僧侣。

列那在莫贝杜伊尽情吃喝，贤惠的艾莫莉娜（母狐狸觉得她还是不用原先的名字“丽舍”为好，她为自己选择了一个听起来更温柔、更有身份的名字）为他搓揉着双腿解乏，孩子们则忙着剥鳗鱼的皮，将鱼肉切成小块，平摊在榛树木板上，再轻轻地放到火炭上烤。正在这时，有人敲门。原来是伊桑格兰先生。

伊桑格兰打了一天猎，却一无所获，便信步来到莫贝杜伊城堡前坐下。不一会儿，从屋顶上飘出的炊烟引起了他的注意。他透过门板的缝隙，似乎看见列那的两个儿子正忙着在烧得旺旺的炭火上翻动着鲜美的排骨。对于一只饥寒交迫的狼来说，这是多么诱人的情景呀！不过伊桑格兰了解他同伴的本性，知道他和自己一样，并不慷慨。他被关在门外，垂涎欲滴地舔着自己的胡须，尽量不让自己叫出声来。然后，他爬到一扇窗户附近，他所看到的一切证实了他起初的发现。现在，他如何才能进入这快乐之地呢？如何才能让列那打开房门？伊桑格兰坐立不安，来回打转，嘴巴张得大大的，简直连下巴都要掉下来。他又朝屋里看了看，试图闭上双眼，可那双眼睛却总是不由自主地瞟向那间他不该看的屋子。

“好吧，”他暗想，“我试试看让他高兴吧：嗨，我的朋友！我漂亮的侄子列那！我给您带来好消息啦！开门，让我快点告诉您。”

列那一下子就听出了他叔叔的嗓音，但他决定装聋。

“开门呀，尊敬的先生！”伊桑格兰说，“难道您不想知道这好消息？”

终于，列那有了主意，于是回答来访者：

“上面的人是谁呀？”

“是我。”

“您是谁？”

“是您的伙伴。”

“啊，我还以为您是猎狗呢。”

“您弄错啦！是我，开门吧。”

“您至少该等教士们吃完饭吧。”

“教士？您家里来了僧侣？”

“是呀，而且都是真正的司铎，是蒂龙修道院圣贝诺瓦院长的学生，承蒙他们的抬举，我被接受为他们的一员啦。”

“上帝呀！这么说，您今天会接待我，是吗？您会给我东西吃吗？”

“我非常乐意。不过，请您先告诉我，您是来要饭吃的吗？”

“不，我是来向您问好的。开门吧。”

“这我可做不到。”

“为什么？”

“您的身份不对。”

“可我现在饿极了。您不是在烧肉吗？”

“啊！我的好叔叔！您这可是在侮辱我。您知道吗，信教的人都许过愿，不吃任何肉的。”

“那么那些僧侣在吃什么？难道是软乎乎的奶酪？”

“不，是又大又肥的鱼。圣贝诺瓦神父还千叮咛万嘱咐，让我买最好的鱼给僧侣们吃呢。”

“这可是天大的新闻。不过，无论如何，您总不会因为这个原因，就不打开房门、不接待我住宿了吧？”

“我当然想接待您；但不幸的是，您要进来的话，必须先成为僧侣或修士，可您还不是。再见，您还是回家去吧！”

“啊！这些可恶的僧侣！一点都没有怜悯之心。不管你是否同意，我都要进来！不行，这门太结实了，窗户上也安了栅栏。列那，我的好伙计，您刚才提到了鱼，我没吃过这东西。好吃吗？能不能给我一小块，让我尝尝滋味？”

“当然，要是您想吃的话，愿上帝保佑多捕鳗鱼。”

说着，列那从火炭上拿起两段烤熟的鱼，自己吃了一段，把另一段递给他的朋友。“来吧，叔叔，拿去吧；这是教士们给您的，他们希望您不久也能成为我们的一员。”

“我会考虑的，不是没有可能。可是，上帝！您先把鱼给我。”

“给。怎么样，味道如何？”

“这可是天下最好吃的东西了。多么香、多么鲜呀！我觉得我就要皈依宗教了。您能不能再给我一块鱼？”

“您的马屁我当然要拍！要是您成为僧侣，很快就会做我的上司；我相信，教士们肯定会在圣灵降临节[①]前推选您担任修道院院长的。”

“可能吗？噢，不！您在开玩笑。”

“不，是真的，我的上司！到时候您一定会给我最好的报答。当您将黑斗篷披在灰色的毛皮外面时……”

“那么说，我要多少鱼，您就会给我多少鱼？”

---

① 基督教节日，复活节后的第七个星期日。

“您要多少，我给多少。”

“好，我决定了，您马上把我的头发削成圆形吧。”

“岂止是削成圆形，得全部剃光。”

“剃光？我怎么不知道还必须把头发剃光？那就剃吧！”

“等一等，让我把水烧得更热一些，这样剃出的圆顶会更漂亮[1]。好了！水烧得差不多了，既不太冷，也不太烫。您俯下身子，把头伸进窗户，我已经把窗户打开了。”

伊桑格兰照着列那的话做了；他挺直了脊梁，伸过头去。列那把一罐开水浇在他的头上。

“啊！”可怜的伊桑格兰大叫道，“疼死我了！我要死啦！该死的圆顶！您剃得太多了！”

列那暗自高兴：“不，伙计，圆顶就是这样的，正是规定的大小。”

“这不可能。”

“我向您保证。我还要告诉您，根据修道院的规定，您皈依后的第一夜必须在屋外度过，要虔诚地守夜。”

“要是我早知道这一切，”伊桑格兰说，“特别是知道僧侣是如何剃度的，我肯定不会有做僧侣的念头！可现在要反悔也来不及了。至少我还有鳗鱼吃吧？”

“一夜时间很快就会过去，”列那说，“再说，我会到您身边来，让您觉得时间过得更快。”

说完，他从一扇只有他一个人知道的秘门里出来，走到伊桑格兰身边。他一边讲述着僧侣们美好而感人的生活，一边将这位新近皈依的教徒带到一个鱼塘边上。在那里，将要发生接下来我们要讲的故事。

---

① 天主教僧侣发式，头顶剃光，仅留一圈头发。

故事九

列那如何带他的朋友钓鳗鱼。

再过不多久就是圣诞节了，人们已经开始准备腌制咸肉。天空中繁星点点，寒冷刺骨。列那带着伙伴来到鱼塘边，鱼塘早已结成了厚厚的冰，简直可以在上面跳欢快的华尔兹。冰面上只有一个洞，村民们每天都小心翼翼地守护着它，洞边放着一个木桶，那是他们用来取水的。

列那指着鱼塘说："叔叔，鱼塘里有很多条鱼，比如冬穴鱼和鳗鱼；而这就是捕鱼的工具。（他一边说，一边指着木桶。）您只要把它放到水里一段时间，等感觉到鱼的重量，再拿起来就行了。"

"我知道，"伊桑格兰说，"我的好侄子，要捉到更多的鱼，就必须把木桶系在尾巴上；每当您想多捉点鱼的时候，似乎也是这么做的。"

"一点不错，"列那回答，"您这么快就懂，真是太好了。我这就照您说的去做。"

他把木桶牢牢地系在伊桑格兰的尾巴上："现在，您只要一动不动地待上一两个小时，一直等到感觉鱼儿大量地来到木桶里。"

"我懂，而且我有足够的耐心。"

于是列那走到远处的一丛灌木中，把头伏在两腿中间，两眼紧紧地盯着他的同伴。伊桑格兰站在洞边，尾巴系着木桶，半浸在水里。由于天气寒冷，水很快就冻住了，在尾巴周围结成了冰。

狼感觉到似乎有什么东西在拉着自己的尾巴，他以为这是鱼儿到来了，非常高兴，已经梦想着从这次垂钓的丰收中大获其利了。他动了一下，然后停了下来，深信自己等的时间越长，钓到的鱼就会越多。最后，他决定把木桶拖起来了，可是无论他怎样用力都没有用。冰已经结得非常牢固，原先的那个洞也被封死了，他的尾巴被冻在冰里，无法拔出。伊桑格兰挣扎着、摇晃着，向列那求救："快帮帮我，侄儿！鱼太多，我拖不动；快来，我累坏了，而且天快亮了。"

列那假装在睡觉，听到叫声后抬起头："怎么，叔叔，您还在那儿？快点呀，带上您的鱼，立刻离开这里，天就要亮了。"

"可是，"伊桑格兰说，"我拖不动这些鱼，它们太多了，我没法把木桶拖上来。"

"啊！"列那一边说一边笑，"我知道是怎么回事了。这能怨谁呢？您太贪心了，古人说得好：贪心者一无所获。"

黑夜渐尽，曙光初现，太阳升了起来。积雪将地面染成了白色。贡斯当·德·格朗杰先生—— 一位正直的地主——和他快乐的仆人都起床了，他的家就在鱼塘边上。他拿起号角，召集猎狗，备好马鞍。到处都传来喧嚣的声音，一切准备就绪，只等出发打猎了。

列那可不等他们。他敏捷地踏上回莫贝杜伊的路，把可怜的伊桑格兰独自丢在冰面上；而后者仍然在左冲右突，拼命扯着尾巴，却无法脱身。

一个男孩牵着两条猎狗过来了。他看见狼的尾巴被卡在冰层里，屁股上满是鲜血。"嗨！嗨！一头狼！"

猎人们听到叫声，带着其他猎狗赶来了，伊桑格兰听见贡斯当·德·格朗杰命令把猎狗放开。猎人们执行了命令，猎狗朝狼扑过来；伊桑格兰毛发竖起，准备决一死战。他撕咬着猎狗，将他们逼得远远的。这时，贡斯当先生翻身下马，向伊桑格兰走来，他手中握着长剑，打算将他劈成两半。但是他的剑扑空了，贡斯当先生失去了重心，一头栽倒在地，费了好大力气才重新站起来。他再次发动攻击，用剑对着伊桑格兰的头劈去；剑没有劈准，落在了狼的尾巴上，将它齐刷刷地斩断了。

伊桑格兰忍着剧痛，用尽全身力气，冲入猎狗群中；猎狗们纷纷躲避，为他闪出一条路，但立刻就又在后面追赶起来。尽管身后有一大群追兵，伊桑格兰还是来到一块高地，俯视着他们，准备决战。猎狗们不再追赶，伊桑格兰便逃进树林。为了逃命，他不得不舍弃了自己又长又亮的尾巴，为此他伤心不已，并发誓要向列那报仇，因为他怀疑是列那精心策划了所有这些恶作剧。

编著者的话：伊桑格兰成了僧侣和钓鳗鱼的渔夫，和他一样，他尊贵的兄弟普利莫将成为教士，列那也将让他分享鱼贩子的奇遇。同一个拉丁传奇似乎给予了两个法国故事灵感：两位行吟诗人（在相互不知道的情况下）不约而同地用同一个模子刻出了伊桑格兰和普利莫，正如同他们曾经以同样的方式刻出了尚特克莱尔和诺瓦莱一样。接受剃度成为教士的故事甚至还被第三次翻新在花猫蒂贝尔的身上。不过，关于这第三个故事，我们暂且闭嘴。

故事十

列那如何找到祭饼盒，被接纳为教士的普利莫如何敲钟

唱弥撒：这真是件奇怪的事情。

一天，平原上来了一位教士，他胸前挂着一只盒子，里面装满了轻薄的祭饼，这些祭饼将会被切成小块，作为圣饼分发。平原尽头有一道树篱，教士在穿过树篱时将祭饼盒掉到了地上，却没有发觉。

列那经过这里，发现了盒子，便带着它穿过田野，来到一个僻静的地方。“让我瞧瞧，”他说，“里面究竟是什么东西。”他打开盒子，看到里面有一百多张祭饼，就把它们全吃了，只留下两张，被他折叠成两层，用牙齿衔着。

他没走出多远，就看见狼普利莫疾步向他走来，好像认出了他似的。“列那，”他说，“你好！”

“您好，普利莫先生，上帝保佑您，祝您健康！请问您跑得这么快，是从哪儿来的？”

“我从树林里来。我在那里打了很长时间的猎，可是一无所获。你嘴里衔着的是什么？”

列那答：“是祭饼，就是在教堂里吃的那种又好看又鲜美的饼。”

普利莫问：“祭饼！你是从哪里弄来的？”

列那答："从它们待着的地方；我想它们是在那里等我。"

普利莫问："啊！亲爱的朋友，分一点给我吧，求你了。"

列那答："那就拿去吧，尽管这两张饼值五百个银币，但还是给您吃吧。"

普利莫满怀喜悦地吃完了祭饼："列那，你知道吗，这祭饼真的很好吃。你还有吗？"

"现在没有了。"

"哎呀，太可惜了；我向圣人日耳曼和圣父的灵魂发誓，我饿极了。我今天什么东西都没下过肚，尽管刚才吃了你的祭饼，但我还是觉得我快要支持不住了。"

"勇敢点。"列那说，"您看到那边的寺院了吗？我们去那里，想吃多少祭饼就会有多少祭饼。"

"啊！列那，我亲爱的朋友，如果真是这样，我将一辈子感激你。"

"就看我的吧，您一定会满意的，我用脑袋担保。您走在前面，我跟着您。"

他们一路小跑，不一会儿便来到了寺院门前，刚才掉祭饼的教士正是进了这家寺院。门关着，于是他们就在大门台阶下的泥土里掘出一个洞来。

现在他们来到了寺院里。祭台上放着很多祭饼，上面盖着一层白色的餐巾。普利莫三下五除二地扯掉餐巾，将祭饼一扫而光。"说真的，列那兄弟，这饼太好吃了，我越吃越想吃。那只大木箱是装什么的？里面会不会有什么好东西？去看看吧，把它打开。"

"我也这么想呢。"

他们来到箱子前。普利莫身强力壮、贪婪成性，砸开了箱子的锁：里面是面包、葡萄酒和上好的肉。"感谢上帝！"普利莫说，"这比祭饼强多了；这些东西可以让我们美餐一顿呢。列那，你去把祭台的桌布拿来，摊在这里，别忘了把盐也带来。这位教士真是个好人，竟然在箱子里装了这么多好东西！好了，一切就绪，让我们享用上帝的恩赐吧。”

说着，普利莫把食物从箱子里取出来。它们被放在桌布上，就像躺在箱子里那么安详。两位朋友坐下来，争先恐后地吃了起来。

然而，列那要是不作弄一番普利莫，便会难受得要死。“亲爱的朋友，”他说，“看到您吃得这么香，我真高兴。倒酒，喝！我们谁都不怕。”

“对，喝，”普利莫回答，“这些酒足够三个人喝呢。”

不过，举杯豪饮了几次之后，普利莫的头有点晕了。列那喝得很有节制，却不断地鼓动普利莫喝。“哎呀，”他说，“我们好像什么都没喝似的；您竟然在小口呷酒，这可不是我所熟悉的您的风格。”

“什么？我可是在不停地给自己灌酒呢。”另一位结结巴巴地回答道，“你得承认，亲爱的列那，我的好朋友：我喝得比你多。”

“这不可能。”

“哦？”

“别忘了，我比您多喝了十杯呢！”

“啊！列那，你在说谎。瞧，倒酒，干了！你喝得比我多？我一次可以把两杯酒喝下去，你的那杯和我的那杯。”

列那装出喝酒的样子，但实际上他把酒全都倒进了自己的胡子里。可是另一位却已经看不到这些了，他只是喝酒，一味地喝，仿佛眼睛长到了脑袋外面，脸颊也红得如同燃烧的煤炭。他的脑袋里做着各种各样的梦：一会儿他觉得自己是尊贵的国王，住在王宫里，身边簇拥着满朝文武；一会儿他又为曾经干过的坏事而哭泣，说自己是天下最大的罪人。

“列那，”他说，“我有一个主意。既然上帝把我们带到这里，肯定希望我们做些什么。我们去祭台唱弥撒怎么样？祈祷书翻开着，教士的长袍也在一边。我小时候学唱过弥撒，你看我是否忘记了。”

“可是，”列那回答，“您首先必须注意不能亵渎神灵。只有神父才能在祭台上唱弥撒，至少也得是受过剃度的教士。而您，普利莫，您却不是。”

“是呀，你说的对，列那。但我们会成为神父的，一定……会……会的。我没有受过剃度，你就不能为我剃度一下吗？再说，大不了我们不唱弥撒了，我可用不着为了读祭文和晚祷而接受剃度。”

“当然。不过，您最好还是马上接受剃度：这件事情完全可以由我来做，我过去研究过如何成为教士，至少我还是一个六品修士呢。要是我有一把剃刀，就可以为您削发了。用不着我们的圣父教皇，我就可以把圣带围在您的脖子上，宣布您是神父。”

“在此之前，”普利莫说，“我们照样能读晚祷呀。”

于是两位朋友朝祭台走去，普利莫沿着墙根，因为他需要倚着墙才能走路。列那一边陪他走，一边左右巡视：在朝圣者的祭台后面有一口柜子，他幸运地在柜子里找到一把细长的剃刀、一个铮亮的黄铜盆子，以及一把剪刀。“万事俱备，”他说，“只要有一点点水就行了。”

普利莫的舌头已经僵硬了，不能应答。这时，列那发现了在钟楼下面的圣洗石，于是去那里汲来了水。回到同伴身边时，他说：“瞧，普利莫，上帝刚刚为您显灵了；您看这水。”

“那是上帝在感谢我们的服务，”普利莫说，“好了，快为我剃度。我还是决定要唱弥撒。”

他躺在石板上，列那一只手托着他的头，另一只手把盆子里的水浇在他头上。普利莫一动不动，任凭列那为所欲为。列那利用他的诚心，故意把圆顶剃得很大，一直剃到了耳根。

“现在剃度好了吗？”

“好了，您自己都可以感觉得到。”

“那么说，我是真正的神父了！好，马上唱弥撒！现在就开始。”

“可是，唱弥撒之前应该先敲钟。”

“让我去敲。”

他走到大钟边，抓起绳索，叮叮当当地敲了起来。列那简直要笑出声来，即使是他的家人全都死光了，也不能止住他的笑。他尽可能地掩饰住自己的笑容，向普利莫叫道：“好哇，好！大点声，再大点声！”

“我想没有一个修士或执事能比我敲得更好。”

“您得把两根绳子拿在一起敲，因为铃铛还没有起作用。”

“现在好些了吗？”

“是的，现在去祭台！我帮您穿白袍和披肩，系腰带、帽带和圣带。”接着，他从牙缝里轻声说，“噢！瞧他过一会儿将用哪一种不同的声调唱！人们又会以另一种方式抚摸他的肋骨！”

普利莫身披祭袍，走上祭台，打开祈祷书，将书页翻了又翻，然后发出阵阵长嗥；他认为这嗥叫就是优美的旋律。这时，列那觉得开溜的时刻到了，他悄悄从刚才在寺院门下挖的那个洞逃了出去；一边逃，一边把泥土扔回洞里，堵住了洞口。普利莫却留在那里，尽情地高声嗥叫着。

正如大家所想的那样，钟声传到了本堂神父那里。神父惊讶地跳下床来，点亮蜡烛，叫来他的教士吉尔、教堂管事，以及自己的妻子①，操起木棒，拿好寺院的钥匙，打开大门，焦急地走来。他妻子拿着捣槌，教堂管事拿着鞭子，教士则手执狼牙棒，这使他看上去就如同一只巨大的蜗牛。

---

① 当时，也就是在1170年左右，如教士在剃度之前已经结婚，那么教会允许其和妻子生活在一起。——原注

神父第一个发现声音是从祭坛传来的，祭台前站着一个身披祭袍、留着圆顶的人，但辨不清是谁。他后退了几步，又返回来好多次。最后，他认定自己看见了魔鬼，惊恐万分，以至于晕了过去。神父的妻子尖叫起来，教士则逃出寺院，声嘶力竭地在城里高喊："警报！警报！魔鬼进了寺院！它杀死了本堂神父，我们难以逃脱。"农夫们被惊醒了，他们纷纷起床，穿上衣服，向寺院跑去。

您真没看见他们的样子：有人穿上了皮盔甲，有人戴上了铁帽，有人从厩肥中拔出了湿漉漉的铁叉，有人带上了自己的狗，还有人挥舞着生锈的剑，高举着大棒、连枷，摇晃着斧头、狼牙棒；所有人只是准备同来自地狱的魔鬼搏斗。

神父苏醒过来。"是的，孩子们，"他对众人说，"魔鬼在教堂里，快朝它冲过去。"

人群的嘈杂声打断了普利莫的弥撒：他转过身来，大吃一惊，恐惧使他的酒完全醒了。他向地洞跑去，可洞口已经被堵上了。他又回到祭台，走来走去，惊恐万分。神父见他垂头丧气的样子，便用木棒打他；普利莫被激怒了，扑向攻击者，要不是农夫们及时赶到，神父早就被撕成了碎片。所有人都叫喊着追逐他、揍他，打断他的腰，砸碎他的脊梁。可怜的普利莫只得竭尽全力：他用眼睛估算了一下一扇打开着的窗户的高度，一跃而起，跳到窗台上，终于逃离了教堂。

普利莫遍体鳞伤，只有身上的祭袍才给他一点安慰，他就穿着这件衣服逃进了树林，并感谢上帝使他捡回了一条命。"这该死的神父！他总有一天要为我所遭到的拳脚付出惨重代价！我以我妻子艾尔蒙嘉的名义发誓，我要让这里鸡犬不留。要是他明天唱弥撒，就让他去找那个能为他送圣带和披肩的人吧；为了做弥撒，他将不得不向老婆借长裙，用女人的头巾做祭袍。可是，列那呢？他怎么样了？是他把我带进寺院，把我灌醉，然后扔下我的。啊！如果我再碰见他，我肯定不会向尊贵的国王告状，我要亲自替自己报仇雪恨，不让他今后再有机会去害人。话虽如此，我本该保持警惕，应该从我兄弟伊桑格兰的例子中吸取教训。”

说到这里，他突然发现列那在一棵橡树下站着，满脸懊悔，眼泪汪汪，好像在等他。“啊！您终于来了，普利莫先生，”他说，“欢迎欢迎！”

“我可不想问你好。”普利莫回答。

“为什么？我做错什么事了？”

“你把我一个人扔在那里，而且不打招呼，就把寺院的洞口堵住了。我遭到毒打，完全是你的错：我不得不独自抵抗上百个凶恶的敌人。你这个恶毒的矮子、卑鄙的红毛狐狸！啊！虽然我不是第一个被你出卖的，但我要做最后一个。”

“普利莫先生，”列那用乞求的语气回答说，“我恳请您的宽恕；我知道在这个偏僻的地方，您会羞辱我、对我产生偏见；可是，我对我亲爱的妻子艾莫莉娜和我的两个儿子马尔布朗什和贝尔斯艾发誓，我不记得曾经冒犯过您。把洞口堵上的不是我，而是可恶的神父。我求他不要这样做，可是他不听，还威胁我。我见他要对我下毒手，只好从一条我认识的隐秘小道逃走。我对您的情况十分担心，所以在这棵橡树下等您，我很伤心，因为我料到他们会攻击您。这都是实话，您来的时候，我还在哭呢。”

这席话打消了普利莫的怒火：“好了，列那，我相信你，我现在只恨神父一个人。不过，你看，我至少把他的长裙、祭袍、披肩、帽带和圣带全都带回来了。等轮到他唱弥撒的时候，他就得找其他的穿戴。”

“对了，”列那说，“您知道我们该怎么做吗？”

“不知道。”

“明天我们把这衣服拿到集市上去卖了，哪怕是卖给神父本人——要是他也去集市的话。”

“这是个好主意，”普利莫说，“不过我们先要休息一会儿，我真的被打得鼻青脸肿、精疲力竭了。等我们睡足了，再来谈集市的事情；我们把衣服拿去卖，我想一定能卖出好价钱。”

“我也这样想，”列那回答，“谁知道我们会不会想出办法，来报复那些虐待您的家伙呢？您只是虔诚地想为上帝服务，他们却要为此惩罚您。”

故事十一

列那和普利莫如何去集市，他们在路上如何做成一笔好买卖。

天一亮，两位朋友便起床了，他们学着商人的样子，把神父的衣服折叠好。普利莫砍了一根柳条，把衣服挂在脖子上；列那则走在他身后，仿佛是他的随从。就这样，两个人高高兴兴地上路了。

没走多远，他们就遇见一个神父。这个神父恰好要去集市买法衣、圣带和披肩；不过，他打算先到一位同事家里吃饭，所以带着一只又嫩又肥的鹅，准备送给他作礼物。

列那首先发现了神父。“好事来了，伙计，”他对普利莫说，“我看见前面有一个神父，要是我没弄错的话，他会帮我们大忙。也许他会买我们的衣服，如果这样我们就赚了；因为到了集市上，别人会怀疑这衣服是偷来的，所以不一定出好价钱。再说，这神父带着一只这么漂亮的鹅，我们也可以尝一尝。您看怎么样？”

“就按你说的做。”

神父走过他们身前时，出于礼貌，掀起长袍的下摆说：“上帝保佑你们，先生们。”

“您也一样，神父先生，还有您的家人！”列那一边说，一边用眼睛瞟着鹅。

“你们从哪儿来，”神父接着问，“准备到哪里去？”

列那道：“我们是来自英国的商人，准备去集市，我们有一整套神父服装，包括白色长衣、上等的锦缎祭披、圣带、领巾、帽带、腰带。附近教堂司铎的衣服就是我们提供的。不过，神父先生，要是您需要的话，我们可以优先卖给您，所有衣服只要成本价。”

神父问：“这些衣服你们都随身带着？”

列那道：“是的，先生，它们都在随身行李里，塞得很紧。”

神父说：“请让我看看，我正巧要去集市买衣服呢；要是你们的价格公道，我就买你们的了。”

普利莫说：“噢！这您放心，包您满意。”

说着普利莫把行李放到地上，给神父看衣服。神父仔细看完，说：“不用多费口舌了，你们开价多少？”

普利莫道：“我也不漫天要价。您把这只鹅给我们，衣服就归您了。”

神父说：“说实话，您的价格还算公道！我同意；这鹅你们就拿去吧，把衣服给我。”

交易当即就做成了。普利莫满心欢喜地拿走了又肥又大的鹅。他把鹅挂在脖子上，飞快地跑掉了，甚至都没想到跟列那打一声招呼。列那极力追赶，希望普利莫能分给他一份。就这样，两人一个跑，一个追，来到了树林边，也顾不上随时可能挡住他们去路的农夫了。他们——特别是普利莫——一边跑，一边在心里笑那个愚蠢的神父，怎么会为了几件衣服，就把这么肥美的鹅送给他们了。

他们来到一棵大橡树底下，普利莫把鹅放到地上，抢在同伴开口之前说：“说真的，列那，我们本应该问神父再要一只鹅的，他肯定会答应。要知道，我这样说可不是为了我自己；我只是觉得遗憾，因为你不能和我一样得到一份东西。”

列那问：“什么！普利莫先生，难道您打算撇下我，独吞这只鹅？”

普利莫道：“你要和我分？别痴心妄想了，嘿！我的主保圣人吕厄会怎么说？”

列那说：“可是，您要是独吞的话，就会感到羞耻，因为您犯下的是一个致命的罪恶。”

普利莫说：“别废话了，难道我还需要你来教训？如果你感到饿，就像往常一样去树林里打猎，没人阻止你这样做。”

列那没有回答，他知道此时指责是没有用的。要威胁和对抗普利莫，就必须和他一样强，在这一点上列那有自知之明。于是他知趣地走开了，但他尤其痛恨自己竟然交了一个背叛他的朋友。“普利莫先生刚才拿我的人格开了一次玩笑。”他说，“原先我以为他很愚笨。他对待我的行径就和当年泰索的手下一样①。我真应该跟这个无耻贪婪的家伙干一仗。不过，既然都说我骗人的本领比老牛耕地的本领还要强，我就让我那些阿拉斯②的有钱朋友做证：噢，亲爱的艾莫莉娜，以后不会再有人吹嘘能让你的丈夫为自己的好心而后悔了。”

---

① 1110年左右，诺曼底公爵罗贝尔被迫离开卡昂，卡昂城主城门的守卫名叫泰索，他挡住公爵的一名亲信，对他实施了抢劫。泰索手下的士兵纷纷仿效，公爵所有的行李都被洗劫一空。

② 法国西北部城市名。

故事十二

买鹅者如何没能保住鹅，普利莫如何没能打动老鹰莫夫拉尔。

现在回过头来说一说普利莫。在开吃之前，他沾沾自喜地端详着那只鹅。这顿美味的午餐该从哪里开始呢？先吃鹅腿？不，鹅头更精美，再说，要是先吃腿，肚子里就装不下其他更美味的鹅肉了。

正当他凝神思考的时候，老鹰莫夫拉尔和平时一样在天上盘旋。他发现普利莫正面对他的鹅苦思冥想，正巧自己一个上午还没吃过东西，就抓住机会，一个俯冲，伸出爪子，夺走了沉甸甸的肥鹅。

其实普利莫可以阻止老鹰的，但他想把老鹰和肥鹅一网打尽：现在两样东西都没有了。他是多么失望啊！他两眼盯着莫夫拉尔，见他停在一棵橡树枝头，便装出一副正直的样子说："莫夫拉尔先生，把属于别人的东西占为己有，这可不好；我以我的灵魂发誓，我不会以同样的方式对待您。好了，我们别吵架了，亲爱的朋友，您下来，我们讲和；您把鹅一分为二，留下您喜欢的那一半。这样行吗，莫夫拉尔先生？"

"不行，普利莫，"莫夫拉尔回答，"您别做梦了，我得到的东西就不会再给别人。这只鹅归我了，您要是再抓到其他的鹅就归您。不过，要是您愿意，我可以为您念一段经，我的好人，我得承认，这只鹅真是极品；我从来没吃过这么嫩、这么肥的鹅呢。”

“您至少让我尝一口呀。求求您，给我一只鹅腿吧！”

“想都别想，普利莫先生。什么！您要我下到您身边来，和您分享这只鹅？我可不是疯子，不会把手里的东西放到背后去。不过您耐心点，我吃完鹅肉，会把骨头扔给您的。”

普利莫只好听从，等着天上掉下一些莫夫拉尔的残羹剩饭。这时，他才为自己对列那要的手段感到后悔，因为他并没有从中获得什么好处。

故事十三

列那如何报复普利莫，如何让他挨鱼贩子的揍。

暂且不谈普利莫，还是谈列那吧。列那失去了肥鹅，想安慰一下自己，于是努力寻找其他可以吃的东西。然而，在一阵东奔西跑之后，他发现树林里并没有捕获猎物的希望，因此他走上一条小径，朝通向集市的大路走去。他来到路旁，决定在那里等待时机。

没过多久，他听见远处传来沉重的马车声。[①]原来那是鱼贩子们在往集市运送冬穴鱼和鲱鱼呢。看到他们走近，列那不慌不忙，在潮湿的地面上躺下，伸开四肢横在大路中央，伸直尾巴，毛皮上沾满了白色的泥浆。他腿脚朝天，紧咬牙关，抿起嘴唇，伸出舌头，闭上双眼。

鱼贩们经过他身边时发现了他。"噢！快看，"一个鱼贩说，"上帝呀，这是一只狐狸。好机会，我们可以用他的毛皮付晚上的客栈费了！他真漂亮，可以用来做上衣的装饰。他可以卖四块银币。"

"至少四块[②]，"另一个鱼贩说，"你只要看看他的胸脯就知道了：

① 在此，读者将重温故事七的开始部分，不过后面的故事是关于普利莫的。—— 原注

② 原文如此。故事七里写的是"至少五块"，此处有改动。

这毛多白呀！行了，把他放到车上，等到达目的地之后，我们就剥了他的皮。这狐狸穿着它，肯定热死了。”

说着，鱼贩们抬起列那，把他扔到车里，放在一只大箩筐上，盖上油布，接着就继续赶路了。箩筐里至少有一千条新鲜的鲱鱼。列那见鱼贩们不再注意他，便一口气吃了十多条，总算填饱了肚子，不再饿了。

现在，该想想如何逃脱了。列那吃鱼的时候，一刻也没忘记背叛他的普利莫，于是用牙齿衔起一条最漂亮的鲱鱼，并拢双脚，一跃而出，跳到草地上。不过，在走开之前，他还不忘嘲讽一番鱼贩子：“一路走好，农夫们！我用不着你们了，也奉劝你们不要指望用我的毛皮去换钱。你们的鲱鱼非常好吃，我不为自己付出的代价后悔。剩下的就全留给你们吧，不过这一条我还是带着，下次感到饿的时候吃。上帝保佑你们，农夫们！”

说完，列那撒腿就跑。鱼贩们面面相觑，一脸茫然，目瞪口呆。他们在列那身后大呼小叫地威胁他，但这都是徒劳，他们根本追不上他。列那一路疾跑，穿过山丘、灌木、平原和山谷，一直跑到他离开普利莫的地方。

普利莫还在那里。说句良心话，看到列那，他后悔地流下了眼泪。他站起身来，迎上前去，等走近列那的时候，便面带愧色地向他问好。列那装作没有看见。

“好伙计，”普利莫说，“请原谅我，不要对我怀恨在心。我错了，我承认；我可以将功补过，你要我怎么做？”

“普利莫，”列那回答，“至少希望您不要嘲笑我，如果您一个人独吞了我们共同赚来的鹅肉，那么您只需做出一副贪婪的样子就够了，用不着再寻找恶毒的借口。改邪归正的机会多的是，只要您愿意。”

“啊！列那，我说的是实话。真的，我欺骗了你，为此我追悔莫及。要知道我什么好处都没得到。我正要吃那只鹅，莫夫拉尔却冲上来把它给抢走了，我连抓住他的时间都没有。农夫们说得对：‘食物从勺到嘴，相隔千山万水。’我试图说服老鹰，可是白费劲，他用我回答你的方式回答了我，好伙计！他让我少废话，还让我吃他的残羹剩饭。我没有分一点鹅肉给你，难道我没有理由后悔吗？不过，列那朋友，并不是所有人都像你这样聪明、诚实。疯子做了疯事之后，要是能像我一样，感到后悔并且决心改邪归正，那么他还是幸福的。我们还是做朋友吧，相信我，过去的事情就别再谈了。”

“好吧！”列那说，“既然您这样想，那我就既往不咎了。不过，我希望您说话算话，您承诺光明磊落地对待我，我也会以同样的方式对待您的。”

于是两人伸出手来，以示和解。不过，只有普利莫决心信守诺言。

这时，普利莫仍然饿着肚子。他看见列那带来的鲱鱼，就问：“伙计，你手里拿的是什么呀？”

“鲱鱼，只是一条鲱鱼。我刚才吃了个饱，就在一辆去集市的马车上。”

“啊，好伙计，”普利莫又问，“你知道，从那天上午到现在，我什么东西都没吃过；你能把这条鱼给我吃吗？”

“当然可以，”列那说，“拿去吧。”

一眨眼，普利莫就把鱼吃了。

“啊！多好吃的鲱鱼！为什么没有更好的佐料呢！可惜，我这么饿，一条鱼根本不够。我说，列那朋友，求求你告诉我，你是怎么弄到这么多鱼吃的？”

“事情是这样的，”列那回答，“我看见马车过来，就横躺在大路上装死。鱼贩们以为只要把我扔进他们的箩筐，就可以剥下我的毛皮。就这样，我美餐一顿，下车的时候还不忘为您带上一条鲱鱼；您看，普利莫，尽管您对我不好，可我还是照样爱您。说到这儿我想起来了：其实您也可以有同样的运气，只要在马车抵达集市之前追上它。您知道我是怎么做的，只需依样画葫芦就可以了。”

“我的圣吕厄呀！”普利莫说，“你真是一个好顾问。我这就去追鱼贩，你在这儿等我，我吃完美餐就回来。”

普利莫立刻撒腿跑了起来，终于在马车接近集市前，在城墙边追上了它。他跑到马车前方，抓紧时间躺在大路中央，照列那说的那样装死。鱼贩们看见了他。“啊！”他们叫道，“狼！一头狼！快去看看！他好像死了。难道他想学可恶的狐狸，骗我们吗？去看了再说吧。”

车上所有的人都来到普利莫身边，将他的身体翻来翻去，普利莫则忍住不动。

“他的确死了。”一个鱼贩说。

“不。”

“是死了，傻瓜！”

“我跟你说他是装死！”

“好吧，这根棍子会让我们意见一致的。”

鱼贩们挥舞起大棒，普利莫只得遭受痛打。一个马车夫操起一根巨大的撬棍，朝他的腰砸去；可怜的狼儿不敢呻吟，忍着剧痛，不显露一丝生命的迹象。可是，农夫还是发现了他轻轻呼出的一口气，便立刻抽出一把大菜刀，准备向他砍去。普利莫反应及时，不等菜刀砍下，就一跃而起，撞倒了一名鱼贩，落荒而逃，鱼贩们在他身后大呼小叫地追赶。

普利莫饱受毒打，筋疲力尽，怒火冲天。他艰难地回到伙伴等他的地方：“啊，列那！你欺骗了我。”

“怎么，普利莫先生，难道您没吃到鲱鱼？”

“吃什么鲱鱼！鱼贩们攻击我、毒打我，我差一点没被他们打死。

我的肋骨都被大棒给打断了，他们还拿出菜刀，朝我脖子上砍；看到这情景，我别提有多害怕了！于是我不再装死，用尽全身力气，逃出了那些该死的农夫的魔爪。”

“啊！这些农夫！”列那强忍住笑，随声附和道，“他们简直就是恶魔，我连提都不想提到他们，他们的劣迹太多了。农夫没有朋友，对任何人都不怜悯。不过，伙计，您没受伤吧？不管怎样，感谢上帝拯救了您的生命。您先好好休息，然后我们去别的地方，看看是否找得到吃的东西。您一定很饿，对吗？”

“是呀，”普利莫回答，他没看见列那把舌头伸得长长的，朝他撇了撇嘴，“我都不知道是什么让我更加难受了，是饥饿呢，还是刚刚遭到的毒打。”

于是，两位朋友在新鲜的草地上躺下；普利莫低声咒骂着农夫，列那则把头埋在两腿之间，尽情地快乐着。就这样，他心安理得地进入了梦乡，因为他所有的愿望都得到了满足，不再会有遗憾打扰他的美梦。

故事十四

列那如何把普利莫带进农夫的肉库，由此对他和农夫造成的后果是什么。

普利莫饥饿难忍，天还没亮就叫醒了列那："伙计，你知道吗，我饿死了；告诉我哪里可以弄到吃的。"

列那揉揉眼睛，想了一会儿，然后说："要是您真的想大吃一顿，我知道附近有一座房子可以满足您的一切要求。这房子是一个农夫的，他有四块很大的火腿熏肉。我知道从哪儿进去。如果您愿意，我可以带您去。"

"我当然愿意！"普利莫说，"马上出发吧，我求你了。我恨不得现在就来到火腿熏肉的面前，难道你没看出来？"

"好吧，出发！"

他们来到农夫的房子前，列那开始仔细观察门和窗户：门窗都关着，农夫的狗还在睡觉。列那想到一个他屡试不爽的把戏。在正对着门的围墙上有一个狭窄的缺口，他把普利莫带到那里，自己先从缺口钻了过去，接着让他的朋友跟着钻进来。

普利莫费了好大的劲才钻进缺口，不过，饥饿使他的肚子变得瘦长，而且给了他无穷的力量。现在他们进了屋子。他们直奔肉库，找到了熏肉。"现在，您就尽情享受吧，我的先生。"列那说，"您要是想填饱肚子，这可是千载难逢的机会。”

普利莫顾不上回答，径直朝火腿熏肉扑去，狼吞虎咽起来；要不是列那早就有所准备，普利莫甚至都不会为他留几块肉。不过，列那没有忘记自己随时都可能会被发现，不时提醒普利莫抓紧时间。

“我立刻就可以走，”普利莫回答，“可是我吃得太多了，走不动。”

的确，现在他的肚子圆滚滚的，宽度简直超过了身体的长度。他俩跌跌撞撞地回到缺口处，列那没费多大劲就钻了出去，可普利莫就不一样了。他那圆滚滚的肚子出乎意料地卡在缺口中。

“怎么办，”他说，“怎么出去呢？”

“您有什么问题吗，老兄？”列那轻声问。

“问题？我钻不出去。”

“钻不出去？您在开玩笑吧？”

“听着，我在跟你说：我钻不出去。”

“这样，您伸出头来，用力。”

普利莫按照列那的话做了。列那抓住普利莫的耳朵，使出浑身力气往外拉，差点没把他的毛皮扯下来。可是，无论他往上、往下，还是往边上拉，都无济于事，肚子仍然卡在那里。

“换个办法试试，”列那说，“天快亮了，农夫随时都可能过来，要是他发现了我们…… 您在这儿等我，伙计，我马上回来；我会想办法把您救出来的。”

他跑进树林，砍下一根树枝，做成套索，然后回到普利莫身边：“现在，必须用全力把您拉出来，我说什么也不能把您扔在这里，让您冒这么大的危险。”说着，他把套索套在普利莫的脖子上，双脚抵在墙上，用力拉扯起来，普利莫的头和半个身体都被拉出来了。列那一边拉，一边一本正经地不断重复着：“上帝，帮帮我们！不能把我的朋友、我的伙计留在这里！绝对不能！”

可怜的普利莫，他从脖子到头顶的毛皮，简直就要被列那扯下来了。他忍不住疼痛，尖叫起来，惊醒了农夫。农夫下了床，疾速向这里跑来。

“放开我，放开我，列那；我还是回到围墙里去，和农夫干一仗。”

列那不等他说第二遍，就抽身离开了，他几乎肯定自己亲爱的朋友是无法脱身的。

然而，就在农夫一手拿着蜡烛、一手持着标枪赶来时，普利莫终于从缺口中拔出了卡住的身体。他试图躲避农夫的标枪，但没能完全做到。幸运的是，蜡烛熄灭了。普利莫的眼睛比农夫好，他抓住机会，回到敌人身边，趁他忙着点亮蜡烛的时候，一口咬住了他。农夫脊背的下部被狠狠地咬住了，他发出一声哀号：“来人哪！快来救我！”

农夫的妻子第一个听见求救，于是连忙起身，操起纺锤，赶到战场，傻呵呵地朝老狼的身上乱打。可是没用，普利莫丝毫不松口。农夫夫妻俩一边叫嚷：“抓凶手呀！抓小偷呀！有人要掐死我！有人要杀我！魔鬼找我来啦！”一边不住地诅咒。

农夫的妻子终于决定打开围墙的大门，希望能有外面的人前来救援。狼借此机会，咬紧牙关，从农夫的腿上咬下一大块肥肉，撒开双腿逃进了田野；危险使他重新变得有力和敏捷。

他在树林里找到了列那。后者见到他回来非常难受，却装出是因为狼刚刚经受过磨难的缘故。

“好了，”普利莫说，“灾难并不如预期的那么大，我总算逃出来了；你想吃到你那份肉的话，我给你带来了农夫的大腿肉。这肉真是无可比拟，比起猪肉来，我更喜欢农夫的肉。”

“我可不这么想。”列那说，“我以我对儿子马尔布朗什的爱发誓，不管农夫的肉是白是黑，它终归是农夫的，我无论如何也不会去碰它，我不想弄脏自己的嘴。”

故事十五

普利莫如何再次上列那的当，他如何奇迹般地在一个圣人的墓前被抓。

“不过，”列那继续说，“我知道一样东西，比农夫的肉好多了。在附近的树篱后面，有一大群肥鹅，只要我们愿意，它们就是属于我们的。”

“肥鹅在哪里？我们这就去。可是，不会有危险吧？”

“不会，看鹅的只有一个农夫。”

“这还差不多，”普利莫说，“我跑着过去，但愿能抓一两只鹅回来，这次我们俩一起吃。”

“那您走好，我的伙计。”

列那留在原地，一心希望他的老朋友再遭不幸。

普利莫果然来到了鹅群中间。开始的时候一切顺利。他看中了最肥的一只鹅，猛扑过去，已经抓住了它。恰在此时，农夫从树林里回来了，他看见普利莫，便放出身边的两条猎狗。普利莫的退路被切断了，他被迫放弃了猎物，但身上还是留下了猎狗轻微的齿痕。他以比刚才出发时更快的速度回到列那这里，但这次他的心情却极其恶劣。

“见鬼！列那！”他一到就说，“你一直都在欺骗和羞辱我，你一心指望着我死，现在你可以为自己如此处心积虑而后悔了。啊！我现在总算看出来了：你让我敲钟，是为了引来神父；你让我去找鱼贩子，是为了叫我挨揍；你让我去肉库，是为了叫农夫把我的皮扒下来；刚才你又告诉我鹅群在哪里，其实你是在指望我被猎狗撕碎。你这个骗子，真是太坏了，我要让你把所有这些欠账一次全部还清。”

说着，他恼怒地用爪子去抓列那的鼻尖。列那朝一边躲闪，可还是被抓住了。“普利莫先生，”他说，“您在滥用武力，强者是不能这样毫无罪恶感地欺凌弱者的。我要到国王、王后，以及所有同伴面前去告你。可是，您至少应该听我说说，您会知道自己是不该对我发火的。”

“不，不！我是不会原谅叛徒、骗子和无赖的，今天你只能死在我的手里。”

“您可要想想好，普利莫先生，您要是杀了我，找您麻烦的人可就多了。您知道，我有两个儿子，有很多亲戚，还有很有势力的朋友，他们会来找您算账的。他们一旦知道是您劫持并谋杀了我，那您就会被处死，或者驱逐出境。”

列那的这席话只能火上浇油。普利莫抓住列那的后颈，把他摔倒在地，按在脚下，在他身上乱踩，把他咬得遍体鳞伤。列那想到自己就快死了，害怕得魂不附体。于是，他竭尽全部力气高喊道：“饶了我吧，普利莫先生，我发誓这是我最后的忏悔，我从来不曾想伤害您。”

这些话一下子浇灭了普利莫的怒火，他开始迟疑起来：“难道列那真的没什么可指责的吗？”

列那看到了自己最后几句话的效果，便提高嗓门继续说：“是的，我可以让圣物做证，我的确不知道鹅群有猎狗看守。我没有关教堂的门，也没有料到鱼贩子会比对待我更加凶恶地对待您。我要讨个公道，我会让我的妻子和孩子到国王那里去为我报仇的。”

普利莫不再打了，他开始考虑事情的后果。“好吧！列那，我饶你一命，过去的一切我都不再计较了。你起来吧，不用再怕我什么了。”

“我真的可以相信您吗？”

“当然，我原谅你了。”

“谁能保证呢？”

“要是你愿意，我可以发誓。”

“是的，我愿意。”

“那好吧。告诉我去哪家教堂，我会在圣人的遗骨前发誓。”

“附近就有一家教堂，如果您想去，我可以带路。”

“好，上路吧！”

于是他们上路了。可是列那早就想好了一条新的毒计。他知道，在围墙的入口处有一个捕兽的套子，套子是用弯曲的橡树枝做成的，由一个机关控制着，只要稍稍用力，机关就会松开。他准备把普利莫带到那里去。

他们到了。“就在那里，”列那说，“安息着一位圣人，他是一位忏悔师、一名殉道者，他曾在这世界上隐修了很长时间，现在终于上了天堂。我对他的墓万分敬仰，要是您能在他面前发誓，说您不再打我，是我忠实的朋友，那我就满意了。”

“看在圣人阿涅斯的分上，我答应你。”说着，普利莫跪倒在地上，将一只手放在了套子上，然后说，“我以圣人日耳曼、所有幸福的人，以及安息在此的人的名义发誓，如果我还怨恨列那，以后和他或他的家人过不去，那么就活不到明天天亮。”

“这样的话，上帝会帮助您的。”列那回答。

普利莫准备站起身来，于是就把脚放在了弯曲的树枝上，机关松开了，脚被卡在了套子里。

“救命！快来救我，列那先生！我被卡住了！”

“啊，你被卡住了，背信弃义的家伙！那是因为你说的和你想的不一致，因为你发的是伪誓，所以圣人要惩罚你。我可不会做违背上帝旨意的事情，既然他抓住了你，那你就恳求他放了你吧。啊！我现在总算明白你的花招了，你会知道不做一头好狼要付出什么代价。”

说完，列那离开了普利莫，踏上了去莫贝杜伊的路。路上他遇见一只鹅，便把它抓住，兴高采烈地回到艾莫莉娜身边。艾莫莉娜和孩子们简直不知道如何欢迎他是好。列那眉飞色舞地将他在这次远足中所设的诡计一一告诉给大家，还讲了老是上当的普利莫最终是如何落入陷阱的。艾莫莉娜开怀地笑着，她可对伊桑格兰的兄弟不感兴趣，只要再见到她的丈夫，能分享他的猎物，艾莫莉娜就觉得满足了。

至于普利莫，没有人知道他怎么样了。他究竟是将那只脚留在了套子里而得以脱身呢，还是死在了发现他的猎狗的牙齿之下，故事没有说清楚。不过，在这最后一次令人不快的冒险之后，本书就再也没有提及他，所以我们可以认为他已经在圣人的墓前一命归西了，这只能怪他自己一时糊涂，想到要在圣人的面前发誓。

编著者的话：列那让别人或自己落入陷阱的故事，不止一次地激起了法国行吟诗人们的好胜心。由此开始了花猫蒂贝尔的壮举，这位英雄在阴谋和诡计方面完全可以和列那媲美。各位读者，要是您愿意接下去听我们讲这非常真实的故事的话，您就会意识到这一点。我们的故事就从列那在杂务修士的帮助下，骗过追赶他的猎狗们说起。

故事十六

蒂贝尔如何成为列那的战士，列那如何为招惹了一只花猫而后悔。

列那摆脱了猎狗和杂务修士的追逐，穿过一条熟悉的水沟，将猎狗们甩在了水沟的另一边。然而，他非常需要吃东西，他的饥饿非但没有平息，反而比刚才更厉害了。他来到一条破旧的小路拐角，决定再打一次乌鸦、山雀，特别是尚特克莱尔的主意。正在这时，他看见花猫蒂贝尔独自一人，正在那里孤芳自赏。

多么幸福的蒂贝尔呀！单是他的尾巴就足以显现出他的灵巧和自由自在了。他用眼角瞟着这尾巴，追逐它，让它来回摇摆，趁它不注意时一把抓住它，把它放在脚爪间把玩，还不时地抚摸它，仿佛害怕自己怠慢了它似的。现在，他摆出一个无比放松的姿势，一会儿伸出爪子，一会儿又将它们收进丝一般的绒毛里；他闭上眼睛，又不时地半睁开来，神情惬意，口中念念有词，嘟囔着既难以名状又不可模仿的话语，似乎是在告诉人们，身体、精神和心灵的彻底休息能使人达到最美妙、最令人向往的境界。

突然，由于一位不速之客的到来，他从这骄奢的安逸中惊醒了过来。列那在离他几步远的地方停下。蒂贝尔看到列那棕红色的毛皮，认出了他，于是立刻站起身，既是出于警惕，也是为了表示礼貌与尊敬。

“先生，”他说，“欢迎您的到来！”

“我嘛，”列那粗暴地回答，“我可不会向你问好。我甚至要告诫你，最好不要碰见我，因为我每次见到你，都希望这是我们的最后一次见面。”

蒂贝尔并不要求列那对自己的话做解释，只是轻声细语地回答：“尊敬的先生，我让您这么讨厌，真不好意思。”

不过，列那现在没有心思找碴儿打架，他很长时间没吃东西，已经筋疲力尽了。蒂贝尔却酒足饭饱、以逸待劳；在他又长又亮的胡须下面，藏着锋利的牙齿；他的爪子又大又壮又快。再说，列那先生不喜欢和势均力敌的对手较量。蒂贝尔坚定的表情使他改变了说话的语气。“听我说，”他说，“我要告诉你，我正和我的伙伴伊桑格兰在打一场艰苦而残酷的战争。我已经招募了好几个勇敢的战士；如果你也想加入的话，肯定不会吃亏，因为我已经警告过伊桑格兰，在接受任何停战要求之前，我会让他吃尽苦头。谁要是不抓住机会，和我们一起大赚一笔，那他一定是个大傻瓜。”

随着谈话口气的变化，蒂贝尔被迷惑了。“先生，”他说，“请您相信我，我不会欺骗您。我也有一笔账要和伊桑格兰算，我只希望他倒霉。”

双方很快就达成了一致，并且相互发了誓，蒂贝尔同意成为列那的战士，去参加一场从没有发生过的，而且连起因都不清楚的战争。现在，他俩各自骑一匹马（我们的诗人一心一意要让主人公像高贵的战士一样旅行）上路了；从表面上看，他们是世界上最好的朋友，可实际上，只要一有机会，两人随时都可以背叛对方。

在骑马行进的过程中，列那发现沿着树林的道路中央有一个微微开着口子的橡树墩，里面藏着一个捕兽的套索。列那对任何东西都小心翼翼，于是他绕了过去；不过，他看到了让蒂贝尔吃苦头的机会。于是他走近这位新近招募来的战士，对他喊道："亲爱的蒂贝尔，我很想见识一下您的坐骑有多么有力和敏捷。它肯定可以入选仪仗队，但我希望证实一下我的眼光。您看见树林边的这条细线了吗？您放开缰绳，沿着它笔直往前冲；这是一个决定性的考验。"

"没问题。"蒂贝尔回答，他猛然加速，策马飞奔过来。但是，当他来到套索跟前的时候，及时发现了陷阱，便后退了两步，快速从边上绕了过去。

列那目不转睛地盯着他："啊！蒂贝尔，您的马失足了，它没能沿着直线跑。快停下来，再跑一次！"

蒂贝尔没料到列那在算计他，便欣然答应。他回到原地，用两根马刺驱使坐骑重新驰回套索前，又再次轻盈地一跃而过。

列那明白他的诡计被识破了，但他一点都不沮丧："说实话，蒂贝尔，我高估您的马了：它比我想象的要差；它不是直立，就是绕道，肯定不会被我的元帅看中，您也肯定得不到大奖。"

蒂贝尔尽力为自己辩解，正当他准备试第三次的时候，两条大猎狗飞奔而来。他们看见列那，大叫起来。列那惊慌失措，一心想逃进树林，却忘记了套索，向它跑去。蒂贝尔则比较镇定，他抓住机会，装出非常害怕的样子，朝列那扑去；列那为了站稳，不由得将左脚伸到了套索上。撑开套索的机关掉了下来，巨大的槽口瞬间合拢，列那先生不幸中了圈套。

蒂贝尔的心愿实现了，他认为同伴是不可能脱身了："您就待在这儿吧，"他对列那说，"待在这儿，列那先生；不用为我担心，我会躲到安全的地方去的。但是，请您再次牢记：道高一尺，魔高一丈；蒂贝尔是不会上列那的当的。"

说着，他抽身离去，因为猎狗已经向列那猛扑过来了。设下套索的农夫听到狗叫，也朝这里跑来。他举起巨斧：可以想象列那此时是多么惊恐！他从来没有离死神如此接近。幸运的是，斧子没有劈准，反而打开了套索的机关。列那被原本想要他命的人解救出来，落荒而逃，躲进树林；虽然农夫大声吼叫，猎狗绝望地狂吠不已，但他连头都没有回一下。

要追上列那是不可能的，因为他知道如何使追兵迷失方向。当他终于摆脱致命的危险之后，便一动不动地躺在一条荒僻的小路上。他遍体鳞伤，伤口的疼痛让他逐渐恢复了清醒：他惊讶自己竟然能跑这么长时间；他舔着伤口，止住涌出的鲜血，脑海里却不无恐惧和恼恨地想着农夫的斧子，还有蒂贝尔的诡计和讪笑。

故事十七

成为好朋友的列那和蒂贝尔如何发现一根香肠，香肠如何被蒂贝尔拿走，列那如何没能吃到。

大家看到列那是如何费劲九牛二虎之力，从可怕的套索中脱身的。他在惊恐不安中小睡了一会儿，然后就继续上路了。他满脸忧愁，一瘸一拐，肚子饿得咕咕直叫。蒂贝尔以为列那死定了，可现在却看到他拖着尾巴，眼光温柔，充满爱心地向自己走来。列那感到浑身的血液在沸腾，这可不是因为见到了把自己狠狠捉弄了一番的人；他知道要报仇，就必须克制。

“嗨！蒂贝尔，是什么风把您吹来的？”列那看到蒂贝尔想溜，就对他说，“哎呀！别跑得这么快。听我说几句话：难道您忘记我们发过的誓了吗？要是您认为我对您有哪怕一点点怨恨，那您就大错特错了。感谢上帝！我之所以重新踏上这条路，只是为了找到您，我勇敢的骑士。”

听见列那这席温存的话语，蒂贝尔放慢了脚步；他甚至停了下来，但出于小心，他还是伸出了爪子，准备应战。列那又累又饿，早已筋疲力尽，面对面打架的心情甚至还不如昨天。

“说实话，亲爱的蒂贝尔，”他说，“这个世界真是丑恶：人与人之间已经没有同情心了；大家只想着欺骗别人，好像做了坏事不会遭到报应似的。我说的是伊桑格兰这个大说教家，最近他接受剃度成为教士了。我听说不久前他想暗算别人，却反而被别人暗算了，他的教训让我睁开了眼睛。我可不想像他那样被人对待；坏人从来就得不到好报，更何况我很清楚没有真心朋友意味着什么。就说您蒂贝尔吧，我一直对您有着特别的感情，您以为我死定了，所以就逃走了。对于我的不幸您并没有幸灾乐祸；如果我像别人那样为此指责您，那我就错了，因为我们是发过誓的朋友；可是，亲爱的蒂贝尔，请您说实话，当您看到我被套索套住、猎狗们围着我撕咬、农夫举起斧子向我砸来时，您心里是不是非常悲痛？那农夫以为可以一下子把我打死，可没料到反而解救了我，感谢上帝，我总算保住了我的这张皮。"

"我真心为您高兴。"蒂贝尔说。

"真的？我早就知道：尽管您轻轻推了我一把，让我中了这可恶的圈套，但我真心实意地原谅您。只是您其实可以表现得更加善良一点的——我说这个并不是在指责您。好了，不谈这些了！"

蒂贝尔听着列那的甜言蜜语，无力地回答着，辩解说自己是出于好心；列那装出一副相信的样子，于是蒂贝尔又发了一次誓，而列那也保证自己会不惜一切代价地保护对方。就这样，两人重归于好，并且一致同意要像过去那样捍卫他们之间的和平。

他们沿着小路前行，一路上话并不多，因为他们都忍受着饥饿的煎熬。当走到一块耕地前的时候，他们在路旁发现一根粗大的香肠。列那第一个冲上前抓住香肠。

"我也有份！"蒂贝尔立刻叫道。

"当然，"列那回答，"要是我不和您分，那我们的誓言成什么了？"

"那好，现在就把香肠分了吃了。"

"不行，我的朋友，这地方不够偏僻，我们吃得不会安心。得把香肠带到别处去。”

“既然您这么认为，我同意。”

列那把香肠的中段衔在口中，两端往下垂着。蒂贝尔跟在他身后，越想心里越急。啊！如此美味的香肠在他手里，他就能保证自己至少能吃到属于他的那一份。“唉，上帝！”蒂贝尔说，“伙计，您是怎么拿香肠的！香肠的两头被您拖在地上，中段又浸在您的口水里，真让人恶心。要是您再这样，我还不如把我的那份让给您呢。噢！换了我，肯定不会这样拿香肠的！”

“那您怎么拿？”

“让我拿给您看吧，其实我很不好意思拿，因为是您先看到它的。”

列那感觉自己很受尊重，就把香肠交给蒂贝尔了。他心想，蒂贝尔拿着香肠行动不便，自己更容易制服他。

蒂贝尔拿起香肠，用牙齿衔住一端，然后把香肠晃了几晃，扔到背上。“看见了吧，伙计，”他说，“这才叫‘拿香肠’；这样它不会沾上尘土，碰到我嘴的也只是不能吃的那一段。我们沿这条路走吧，它一直通到山上，我们可以看到那里的十字架，那是个能安安心心地吃香肠的好地方，我们可以眼观八方，不怕遭到袭击。”

列那不是很愿意去，但花猫却不等他答应，就撒开腿跑了起来，现在反而是列那跟在后面了。

“等等我，伙计！”

“您呀，”蒂贝尔回答，“要是想按时到达，就快点吧。”

蒂贝尔从小就学会了爬上爬下的本领，他一到山顶，就直起身子，借助爪子，轻松地爬上了十字架的横杆，然后站在那里，喘着粗气。这时列那也赶到了。

“嗨！蒂贝尔，您打算干什么？”

“干应该干的事，伙计。上来吧，我们一起吃香肠。”

“这对我似乎有点困难，还是您下来吧。您也知道这香肠属于谁；再说，这可是件神圣的东西，一定要分了之后才能吃。您留下您的那一半，把另一半扔下来吧；这样我们的联盟就神圣永久了。”

“啊！列那，您在说什么呀！难道您喝醉了不成？您就是给我一百个银币，我也不会这么做。不错，香肠是信仰的象征，正因如此，我们只能在十字架上或是教堂里吃它，而且吃的时候要满怀崇敬。”

“可是，”列那回答，“阴险的骑士，您知道这十字架上站不下我们两个。您刚才还对我发过誓，现在就已经想欺骗我了吗？如果两个在一起的朋友发现了一笔财富，他们必须一起分享；所以，请您在十字架上把香肠分一下，然后把属于我的那一份扔下来；由此引起的所有罪过都由我一个人承担。”

“原来，”蒂贝尔说，“您比异教徒还不如；您竟然要我把一件原本应该毕恭毕敬拿在手里的东西扔下来！我可不会做这种违背信仰的事情，除非是酒喝多了昏了头；我再说一遍，不管怎样，这是一根香肠，是一件必须拿在手里的东西。听着，要是您相信我，这次就别吃了；我许诺，下次再捡到香肠，就全部归您。”

“蒂贝尔，您至少掉几粒香肠屑下来吧！”

“不，您太贪吃了；怎么！难道您就不能等捡到下一根香肠吗？也许它比现在这根更好吃呢。”

蒂贝尔不再多说，开始吃起香肠来。

看到这情景，列那伤心欲绝，眼睛也湿润了。

“我高兴地看到，”蒂贝尔说，“您在为您过去犯下的罪孽哭泣；上帝是您懊悔的见证，他会原谅您的。”

“你太过分了，真的！”列那恼羞成怒地喊道，“我会让你付出沉重代价的；你总要从十字架上下来吧，哪怕仅仅为了喝一口水。”

“关于这一点，列那，上帝为我准备好了。他在十字架上挖了一个小洞，里面盛满了雨水，足够供我解渴了。”

“但你早晚要下来的。”

“至少今天不会。”

“那么，一个月后，一年后。”

“您会待在这里等我？”

“对，哪怕是等上七年。”

“您敢发誓吗？”

“敢！我发誓你不下来，我就待在这十字架前不走。”

“您知道，立伪誓的人是不得好死的。”

“噢！我不会立伪誓；为了表明我的决心，我甚至还要当着这十字架发誓。”

“您让我很痛苦，列那；因为您现在还空着肚子，在这里待七年而没有任何吃的东西，这对您来说太残酷了。不过，既然您已经发过誓了……”

“住嘴！”

“噢，我很乐意，这样我就能把这顿美味的饭吃完了。”

列那先生并没有将自己的誓言遵守很久。一条猎狗嗅到了他的踪迹，叫了起来，接着其他猎狗也纷纷加入。

“这是什么声音？”列那惊恐地问。

“您等着吧，千万别动，”蒂贝尔说，“这是一曲美妙的旋律，预示着将有一群可爱的动物来到这里嬉戏玩耍。他们会在附近寻找一个做弥撒的地方，对了，您也会在那里，要是我没记错的话，您曾经当过神父。”

列那认为自己并没有必要留在那一群动物之中。他站起身，正准备开溜。“上帝，”蒂贝尔对他说，“您要干什么？列那，难道您忘记自己发过的誓了吗？别忘了您终究是要接受最后的审判的。您干吗害怕？我和那些猎狗就相处得很好；如果需要，我可以在他们面前为您担保。”

列那不听他的，猎狗们赶到时，他早已走远了。不过，他一边拼命地跑，一边诅咒着蒂贝尔，发誓一定要置他于死地。

故事十八

两个神父如何骑着马去开教务会议，他们如何遇见蒂贝尔，蒂贝尔如何骑马闯进神父的住宅。

我们回过头来说蒂贝尔。他为自己独吞了香肠而扬扬自得，根本不在乎列那的复仇计划，便舒舒服服地闭上眼睛睡觉了。这时，两个神父经过帮了他大忙的十字架前。他们是应主教召唤，去开教务会议的。一个神父骑着一匹母马，另一个则骑着一匹步履蹒跚的公马。那个骑母马的神父先开口说："你看，伙计，前面是什么动物？"

"住嘴，你可真蠢，"另一个神父回答，"这分明是一只漂亮的花猫。要是能逮住他，那我就会高兴得赛过国王了。我可以用他的毛皮裁一顶风帽，为我的脑袋御寒。上帝一定知道我正缺这样的帽子，所以把这猫送上门来了。想必你也是这样想的，对吗，图尔吉？为了物尽其用，我会把猫尾巴留下来，这样风帽的样子会更好看，而且尾巴搭在脖子后面，会很舒服。你看这尾巴有多大、毛有多浓密呀！"

"很好！"骑母马的神父说，"可你却闭口不提我应得的那一份。"

"你的那份？哎呀！图尔吉神父，难道你不知道我需要的是整张毛皮吗？所以你的那份也给我吧。"

"给你？请问为什么？我难道和你是一家人？或者你曾经帮过我什

么忙？”

“你这家伙真该死！”儒弗朗基耶神父说，“对你这种吝啬鬼根本不能指望什么。那好吧，我们就对半分。可是怎么分呢？”

“这好办：你不是要拿整张毛皮做一顶风帽吗？我们去估估价，你付毛皮一半的价格给我就行了。”

“我有一个更好的办法，”儒弗朗基耶回答，“因为我想要这花猫身上所有的东西。既然我俩结伴去开教务会议，那么一路上就得住宿吃饭。我可以替你付食宿费用，但你得放弃你应得的一切。”

“别争了，”图尔吉道，“我同意。”

“现在只差把那只猫逮住了。谁去抓他呢？”

“啊！”图尔吉说，“反正我不会去，想要就自己去抓！”

“那我就去抓吧。”

说着，儒弗朗基耶趁图尔吉往前走的时候，接近十字架，举起双手。然而，他的马不够高，所以够不着猎物。于是他决定站在马鞍上，认为这样一来，花猫就是囊中之物了。不料蒂贝尔竖起毛发，伸出爪子抓他的脸，还猛地朝他跃来，用牙齿咬他。儒弗朗基耶急忙转身躲闪，仰面跌倒在马蹄前。摔跤的疼痛和花猫的撕咬使他暂时失去了知觉，蒂贝尔趁机从十字架下到了神父刚离开的马背上。受惊的马撒开四腿落荒而逃，穿过田野，来到神父的房子前，冲进了院子。这时候，神父的妻子正弯着腰在地上捡小木块，没有看见一路狂奔回家的马儿迎面朝她冲来。

“救命！抓小偷！抓魔鬼！”蒂贝尔蜷缩在马鞍上，看上去真的无异于小偷和魔鬼。不过，他对这房子很熟悉，就在马儿向马厩冲去的时候，他轻轻一跃，便气定神闲地去房屋的楼顶侦查了。

这时，儒弗朗基耶醒了过来。他叫来图尔吉，要他把马带过来。图尔吉来到他身边，问：“啊！先生，你受伤了吗？”

“受伤倒没有，可差点没丧命。我们碰见的不是一只花猫，而是一个魔鬼。我们着了他的魔，被他愚弄了；这是个倒霉的地方。我的马呢？我的马！”于是他开始喋喋不休起来，一会儿念经，一会儿祈求上帝怜悯，还不停地念叨圣父；而图尔吉则在一旁唱着颂歌。他俩等了很长时间，还不见马回来，便在胸前画了一个十字，不再去开教务会议，而是回家去了。

“唉，你们怎么了？”儒弗朗基耶的妻子悲伤地问。

“怎么了？”神父回答，“我和隆布伊松的图尔吉神父上了魔鬼的当了；他使我们中了他的魔法，要是我们没有祈祷、没有画十字的话，早就被他抓走了。”

编著者的话：出于公平，我们应该告诉大家，在所有叙述者的口中，这则瓜分香肠的故事并非总是以蒂贝尔获胜而告终的——很多叙述者都让列那的诡计得了逞。大家可以轻而易举地预见到这两个大骗子会有各自的支持者，而任何一位公正的判官，都很难做到不偏袒其中的一方。这里，我希望自己仅是一个讲述故事的人。所以，大家将会看到，那些希望蒂贝尔成为列那的受害者的人们，会用以下另一种方式来讲述香肠的故事。

故事十九

鲁塞尔和蒂贝尔、博朗什和福勒蒙如何玩造房子游戏，列那如何吃掉了香肠。

一天，列那穿过广阔的荒地，来到一块田里。这块田刚被收割过，列那觉得这里是个睡觉的好地方，于是就惬意地躺在了草垛里。他醒来的时候，天也渐渐亮了，他看见在不远处小路旁的杉树荫下有一个十字架，那是人们为了很久以前的一桩谋杀案而竖的。被害人的父母为了向死者致意，虔诚地挖了这个墓穴，并且在墓穴上放置了一块巨大的方石，方石前竖着十字架，方石后种着杉树。附近的牧羊人经常聚集在这里歇脚，他们甚至用随身携带的小刀，在石头上刻下了造房子游戏的方格盘。

从他所在的地方，列那可以毫不费力地看到方格盘边上站着的四位要人：蚂蚁福勒蒙、白鼬博朗什、花猫蒂贝尔和松鼠鲁塞尔。他们四个结伴出行，半路看见一根用细绳捆扎得很好的香肠。它从哪儿来？是谁掉的？这些问题他们一点都不感兴趣，他们关心的只是如何瓜分这根香肠。香肠的中央粗、两头细，所以很难让每人都分到相同的一份。在讨价还价很长时间以后，大家把眼光落在了那块墓石上，商定以造房子游戏来赌这根香肠。

于是，博朗什和福勒蒙站在一边，鲁塞尔和蒂贝尔站在另一边；双方挨得很近，以便相互监督，防止对方作弊。正当他们专心于游戏、玩得难分难解时，驴子博杜安驮着货物穿过小路，他朝他们转过头来，高声叫道：“老实人们，列那在这里，快逃吧！”

游戏者们立刻四散奔逃。蒂贝尔更加机灵，他并不着急，抓起香肠，然后才爬到十字架上。所有这些只是在瞬间发生的；现在任何人来这儿——不管他是国王、伯爵还是恶狼——蒂贝尔都不怕了。

列那真的来了。他一眼就看到了蒂贝尔：后者一副无忧无虑的样子，转过身去，竖起尾巴，懒洋洋地背对着他。

“喂！我没看错吧：是你吗，亲爱的蒂贝尔？”

蒂贝尔清醒过来：“是我。你从哪儿来，我的小兄弟列那？”

“从附近的树林里来，我的表哥。我能知道你为什么爬得这么高吗？”

“为了让自己更安全。”

“难道你害怕什么人不成？”

“当然。”

“谁？”

“比如你。”

“为什么？”

“因为我手里那美味可口的东西，我可不希望失去它。”

“那美味可口的东西是什么？你的猎物？”

“是的。”

“什么猎物？我能知道吗？”

“可以，但你不能拿走，是一根香肠。”

“啊！你真幸运，能找到这样的好肉吃。”

“这关你什么事？不会有你的份的。把你排除在外，我们已经有四个人要分了。”

“可我很愿意成为第五个。”

“我的小列那，可惜你来得晚了些。”

列那没说话，他又恼又急，简直难以言表。他舔着胡须、挠着爪子，一会儿站起，一会儿伏下，在十字架下直起身子，不时发出沮丧和觊觎的叫声。香肠就在眼前，又细又尖的猫牙已经开始啃食；列那每看一眼，就增添一分欲望和焦急。最后，他急中生智，终于想出一条妙计：他跳到墓穴的另一头，把鼻子伸进草丛，做出一副四处寻找、左顾右盼的样子，目光炯炯，身体猛烈地抖动着。

“你看见了吗，蒂贝尔?”他高声叫道。

“什么?”蒂贝尔背对着他问，“你究竟发现什么了?”

“上帝呀，是一只老鼠!”

“老鼠!”

听见这世界上他最爱吃的东西的名字，蒂贝尔忘记了一切，甚至忘记了香肠；他立刻转过身来，转身的时候微微伸出了爪子，不慎将香肠掉落了。列那一跃而起，抓住香肠。看到列那得意扬扬地将香肠放到自己的脚下，站在十字架上的蒂贝尔悲苦万分。

“列那，你在骗我；谁跟你说话，谁就倒霉。”

“那你为什么还要和我说话?”

“是呀，谁信任你，谁就倒霉!”

“还有，谁不和你分东西，谁就倒霉。可是，当我请求你分一小块如此鲜美的香肠给我吃的时候，你朝我看过一眼吗?现在香肠落到了我的手里；我可以把扎香肠的细绳送给你。再见，漂亮的表哥，亲爱的蒂贝尔，说真的，我一点都不怨你。再见!”

编著者的话：还有另外一个关于列那和蒂贝尔相遇的故事，

和前面关于套索、香肠，以及两位神父的故事都不完全一样。它似乎是流传在农村的中世纪列那狐故事的翻版。我们还是让读者来自由判断，这个故事究竟应该在列那先生的所有行为中占什么样的地位吧。

故事二十

列那和蒂贝尔闯进一个农夫的家里，蒂贝尔如何将自己的尾巴留在了那里。

春天，耶稣升天节前后的一个晴朗日子，狐狸列那走出莫贝杜伊的城堡。他很长时间没吃过东西了，所以非常虚弱。路上他遇见了蒂贝尔，便主动跟他打招呼。

“我的好朋友，是什么风把你吹到这里来啦？”

“是呀，我正要去拜访一个农夫呢，他的农舍离这儿不远。那个农夫已经结婚了，家里是他的妻子说了算；她在大木箱里藏了一大罐牛奶，我想去尝尝这牛奶的味道。列那先生，我们一起去吧，我会告诉你如何溜进那房子。不过，我有一个条件，你要发誓光明磊落地陪伴我，而且不抢到我的前面去。农舍里养着很多鸡，但我不想吃它们。”

“好！”列那回答，“我保证跟着你，要是有什么东西可供我们俩吃的话，我一定不抢在你的前面。”

就这样，他们加快脚步，来到农舍的树篱前。他们找到一根折断的木桩，蒂贝尔已经熟门熟路了；不一会儿，他们就进入了农舍。列那已经嗅到了鸡舍的位置，便朝那里走去，但蒂贝尔拦住了他：“我们只有小心机灵才能成功。现在农夫睡着了，你去抢劫鸡舍会把他吵醒，这样的话我们就不得不撤退。还是去找大木箱吧，打开木箱不会有任何危险，然后我们再去偷鸡。”

列那并不想听蒂贝尔的话。

“听我说，”蒂贝尔继续道，“要是你先去偷鸡，会被看门狗发觉，他们会来追赶你、咬你。我会为此而难受，因为这将损害我的利益。还是这样做更好：我们先去喝牛奶，我保证有你的一份。”

“我答应过跟你走的，”列那回答，牛奶让他有点动心了，“去找大木箱吧。”

蒂贝尔带路，进了房子，指着大木箱对他的同伴说：“列那，我的朋友，你托起箱盖，让我先进去，我们说好的，你没忘记吧。”

列那按他的话做了。蒂贝尔把头伸进了木箱，接着是身体和尾巴。他开始用舌头舔起牛奶来，而且舔得聚精会神。列那托着箱盖，可一看到牛奶，他就馋得浑身战栗、不住呻吟。他目睹蒂贝尔津津有味地舔食，感觉自己的舌头仿佛着了火一般。

“啊！蒂贝尔，看来你在里面感觉不错；你已经有了想得到的一切。现在，请你做一个好伙伴；快上来吧，我对圣人德尼发誓，我快没力气了，这箱盖真是太沉了，我就要坚持不住了。快上来，亲爱的蒂贝尔，好心的蒂贝尔！……”

蒂贝尔正专心地喝着牛奶，根本不想浪费时间回答。列那不住地好言哀求，可无济于事：“好朋友，看在上帝的面子上，你就快点吧！我真的坚持不住了；我要把箱盖放下了。”

所有这些话等于白说，蒂贝尔舔得如此起劲，以至于连胡须都全部浸湿了；更有甚者，不知是出于故意还是无心，他把牛奶罐打翻了，没喝完的牛奶流了一地。

“啊！”列那恼怒地说，“这就是你的不对了，蒂贝尔。这比你抓我、咬我还要恶劣，我可是你的雇主。好了，你到底出不出来？”

“上帝呀！再等一会儿，伙计。”

“我一秒钟也不等了。”

蒂贝尔只好纵身朝箱盖跃来。但是，列那看到蒂贝尔的头和身体已经伸出了箱子，便撒手放开了箱盖，可怜蒂贝尔的尾巴被狠狠地夹住了，不得不把半根尾巴留在了箱子里。他疼痛难忍，发出一声长嚎；然后双眼冒火，停在木箱边一动不动。

“你感觉如何，亲爱的蒂贝尔？”列那用最为轻柔的嗓音问道。

“啊！你这坏东西，你又用你惯常的伎俩来对待我了；你让我丢下了我身上最为宝贵的东西。”

“你怎么能把自己造成的不幸归罪到我的头上！是你跳得太猛，我没法托住箱盖，箱子才关上的。再说，你有什么可抱怨的？尾巴短了几寸，你应该高兴才对；这样你行动起来将更加轻盈，不会碍手碍脚。还是想一想短尾巴的好处：你身后不再会有东西拖着妨碍你了。其实你这根尾巴没有任何用处；说真的，我还真希望这样的好事落到我身上呢。”

“列那啊列那，”可怜的蒂贝尔说，“你的骗术谁都及不上；不谈这个了，从今往后，我们各奔东西。再说，没有了尾巴，我什么大事都干不成。我好像听到附近有声音，似乎是看门狗被吵醒了；去他妈的母鸡吧，不管怎样，我把它们留给你了。我们的情谊是长不了的。”

“好吧！”列那回答，“我同意，我俩在一起没有任何好处。我允许你收回你的誓言，我也不欠你什么。再见吧！我们后会有期。”

“对，”蒂贝尔一边说，一边离开，“后会有期，不过是在国王的宫廷里再见。”

故事二十一

列那趁伊桑格兰不在，去了艾尔桑的家，战争是如何在两巨头之间爆发的。

过了一段时间，列那来到一堆树枝前；树枝纵横交错，构成了一道篱笆，篱笆下是一个地下通道的入口。列那越过篱笆，发现了洞口，不知是出于好奇还是希望找到点吃的东西，他走了进去，并且一下子就认出这是他叔叔伊桑格兰的家。

男主人出去了，主妇艾尔桑刚刚起床，正在给狼崽们喂奶。她没有戴头巾，所以列那打开房门时，太阳一下子直射在她的脸上。艾尔桑抬起头来，想看看是谁来了。

列那害怕自己不受欢迎，便一动不动地躲在门后。可是艾尔桑看到他的棕红色皮毛，立刻认出了他。"啊！"她笑着说，"列那，你就是这样偷看别人的吗？"

列那一声不吭，一动不动；也许他希望借助黑暗，骗过母狼。艾尔桑又叫了一声列那的名字，甚至用小指向他做了个手势，让他过去。"我真该责怪你，列那；我知道你不会做任何取悦于我的事情。其实，没有一个人比你待我更坏的了。"这席话是用非常温柔的语气说出的，列那听后胆子稍大了一点。

“夫人，”他说，“上帝可以做证，要说不想在您喂奶的时候来看您，这可不是我的真心话，恰恰相反。可是，您知道，伊桑格兰总是在找我的碴儿，而且到处监视我。他为什么这样恨我呢？我不明白，其实我从来没有冒犯过他。难道他认为我喜欢您，要取代他的位置吗？您的邻居没有一个不曾听他说您喜欢我，说有朝一日他要找我报仇。可是，我从来没有对您说过一句不恰当的话，这您最清楚了。向一个高尚的妇人求爱能有什么好处呢？我只会遭到她的嘲笑。”

艾尔桑听到这席话又恼又恨：“邻居们的确都在说我！农夫说：‘谁想袒护她谁就是自找羞辱。’我可以大声宣布：到目前为止，我不曾有过邪念；但是，既然伊桑格兰指责我，我就成全他。从今天起，列那，我把你当作我的男朋友。你在我这里会受到款待，我发誓我完完全全属于你。”

列那被如此动听的话语打动了。他不等艾尔桑再说第二遍，就走上前去，将她揽在怀里。这对刚刚勾搭上的恋人相互间甜言蜜语、海誓山盟。不过，冗长的情话可不对列那的胃口；不久，他就借口伊桑格兰即将回家，要和艾尔桑分手了。在离开之前，他特意从狼崽们的身上走过，用自己的粪便把他们弄脏。所有食物，只要被他看见，就都被带走了。然后，他又折返回来，回到狼崽的身边，狠狠地揍了他们一顿。列那这样做，表面上似乎是威胁狼崽们保持沉默，但其实是想鼓动他们向伊桑格兰告发。他称狼崽们是捡来的野种，也不怕艾尔桑可能会为此蒙受耻辱。

列那一离开，艾尔桑立刻抱起狼崽们，为他们拭去泪水，一边抚摸，一边哄骗他们。“孩子们，”她对他们说，“至少，你们不要告诉爸爸列那来过，还打过你们。”

“什么！”狼崽们回答，“您接待了这个可恶的红毛狐，让他侮辱了我们亲爱的父亲，还不让我们说？看在上帝的分上，恶人必须得到恶报。"

列那在门口听见了争吵，但他一点都不放在心上，又重新上路了。

这时，伊桑格兰回来了。今天他的收获不错，进门时带回很多吃的；接着，他走到孩子们跟前，亲吻他们。狼崽们争先恐后地向他诉说自己遭到的谩骂和殴打："列那这个可恶的红毛狐把我们弄得脏兮兮的，还打我们、虐待我们；他说我们是捡来的野种，还说了很多关于您的脏话，我们都听不懂。"

大家可以想象一下伊桑格兰有多么惊讶和愤怒！他气得嗷嗷直叫，简直失去了理智。"啊！"他说，"竟然敢这样对待我！你这个卑鄙无耻的贱女人，我让你吃饱喝足，就是为了让你在家里招待我的敌人？让你更喜欢列那这样浑身酸臭的红毛狐？上帝做证！我不会让你一直这样冒犯我；我禁止你上我的床，除非你按照我说的去做，否则你今天就给我滚出家门。"

艾尔桑知道，现在可不是和伊桑格兰争吵的时候。"您在生气，伊桑格兰，"她说，"生气会使您丧失理智；我可以接受誓言和审判的考验。要是您觉得我不能在众人面前得到清白，你们烧死我、吊死我都行。现在，您就下命令吧，我会做您乐意让我做的一切。"

这席话让伊桑格兰稍稍平静了一些。他看了看孩子们，朝艾尔桑走了一步，搂住了她。艾尔桑承诺了好几遍，说只要一有机会，就会让列那尝到苦头。

故事二十二

列那如何做了一个恐怖的噩梦，艾莫莉娜为他释梦，他又如何让乌鸦失望。

此后不久的一天，列那躺在妻子艾莫莉娜的身旁，在莫贝杜伊城堡里安静地休息。早晨，他做了一个奇怪的梦（不幸的是这梦和公鸡尚特克莱尔做过的差不多）。他梦见自己独自在树林边，看见一张绒毛般的红色兽皮，上面有好几个洞，领子附近还有一圈纯白色的毛。他费了好大的劲想把兽皮穿到身上，可总是套不进去，那圈白毛卡住了他的脖子，简直就要把他掐死。

列那惊跳着醒来，万分恐惧，寻思着这个梦究竟是什么意思。艾莫莉娜也睁开了眼睛，听列那讲述了他刚才做过的梦。

“列那，”她忧伤地对丈夫说，“这个梦让我感到焦急，我非常为你担心。它肯定预示着将有巨大的麻烦和痛苦降临。那张布满洞眼的红色兽皮不是个好兆头，而那条纯白色的毛则是两道牙痕，这些牙齿将咬断你的脊梁。那个你穿不进的狭窄领子也令我不安，我看你不久就有大难临头。好在我知道一种魔法，它能帮你摆脱危险、逢凶化吉。只要哪一天使用了它，我们就不会丧命，也不会缺胳膊断腿。魔法是这样的：当你出门的时候——无论你是从沟壑、从窗户，还是从大门出去，你只要在沟壑边、窗栏上或者大门口画三个十字，就能保证自己安全回来。”

听了这席安慰的话，列那的精神又来了，他翻身下床，打开房门，按照艾莫莉娜刚才所说，把魔法实施了一遍。接着他爬上高处的树林，从那儿他看见一只乌鸦。乌鸦一头扎进清澈的水中，浮出水面时一张大嘴和浑身凌乱的羽毛格外引人注目。为了引起乌鸦的注意，列那闭起眼睛，一动不动地朝天躺下，还把舌头拖得长长的。他希望乌鸦看见自己，以为能飞到自己的身上吃那条肥美的舌头。

果然，乌鸦在一番东张西望之后，把眼光停在了列那身上，以为他刚刚中了圈套被打死了。那鲜红湿润的舌头令乌鸦垂涎欲滴，他拍动翅膀，径直降落在所谓的尸体上。可是，正当他想啄下第一口时，列那一跃而起，抓住了他的翅膀，二话不说，让这只冒失的鸟儿成了自己的盘中美餐。

故事二十三

伊桑格兰如何打算向列那报仇，他又如何懊悔不已。

这一天开始得不错。列那在山岗上逛了一圈，然后朝山下的沼泽走去。他在那里洗了个澡，舒坦了一下筋骨。上岸的时候，他看见伊桑格兰先生正朝他走来。自从狼崽们向他告状之后，伊桑格兰对列那就没有任何好感。

“啊！总算找到你啦！”伊桑格兰说话时两眼冒着怒火，“看来你得把欠我的一切都还清了。我知道你是如何闯进我的房子，如何侮辱我的家人，又如何欺凌、糟蹋和毒打我的孩子们的。你听好我准备怎样处置你。你自称是我的侄子，装出一副爱我的样子，就好像我傻呵呵地爱你一样。好吧！我要把你关进一所监狱，在那里你将不能欺骗世界上的任何人。你自己也将从此太平，不再需要设陷阱、打埋伏，也用不着敲警钟、扔石头。你将不会担心国王、太子，或比你更强的领主来报复你。这所监狱，想必你一定听说过。”

列那已经无路可逃，他感到要想摆脱伊桑格兰为他设计的命运，只有在这个可怕的敌人面前卑躬屈膝。于是他双膝跪地，夹着尾巴，懊悔不已地哀求道：“叔叔，在贵族圈里，做坏事受惩罚已经成了一种规矩。您认为我做了坏事，那么就告诉我您准备怎样惩罚我。我会在上帝的帮助下满足您的心愿。”

“看在圣父的面子上，”伊桑格兰回答，“我要给你的惩罚就是在我肚子里为你安排的那块地方。我要把你的肉变成我的肉，把你的血混入我的血，通过这个方法把你的狡猾和我的勇气结合在一起。行了，你也不用求饶了，我的侄子；你看，我这口漂亮的牙齿已经准备好接待你了。你真是太拘泥礼节了。”

说着，伊桑格兰朝列那扑来，将他死死按在脚下，狠狠地揍他、咬他、谩骂他，在撒拉逊[①]的土地上，还从来没有一个犯人受到如此虐待。列那徒然地尖叫着，祈求叔叔的饶恕和怜悯；伊桑格兰抓住他的脖子，撕开他的皮肤，最后打得他奄奄一息。

有一样东西使列那保住了性命：即使是对伊桑格兰来说，他的肉也不是什么可口的食物。在对列那进行了一番长时间的折磨之后，伊桑格兰说：“我在犹豫，究竟应该让你采取哪种死法。是把你放到火里烤熟了，然后吃掉吗？不，这样你死得太快了。”他看到列那张大嘴巴，正等着咽下最后一口气，就用脚踩住他的喉咙，简直就要把他掐死。

但就在这时候，伊桑格兰的心里突然产生了一丝怜悯。他想起了他俩过去的友谊，想起了他们曾经共同设过的圈套，还想起了小时候一起游戏、一起快乐、一起玩耍的情景。他的眼睛渐渐地模糊起来，充满了泪水。“啊，上帝！他死了！我干了什么了？我竟然打了我最好的朋友、最好的参谋！该死的怒火呀！”

这席话传到了列那垂死的耳朵里，他微微动了一下。

“怎么？”伊桑格兰说，“我好像看到他动了一下。不错，尽管我已经感觉不到他的呼吸，但他的血管还在跳动。”

---

① 中世纪欧洲人对阿拉伯、西班牙等穆斯林地区的称呼。

“是的，我还活着。”列那说，“可是您犯了一个大罪，您像对待死敌一样对待您可怜的侄子，而他是多么爱您！您是强者，可欺压的却是一个弱者、一个毫无抵抗能力的无辜者。”

伊桑格兰沉吟良久，没有回答，他沉浸在深深的后悔之中。而在此时，他的侄子却渐渐恢复了体力和勇气。

“好了，”列那首先开口说，“与其毫无道理地虐待我，还不如看看送上门来的机会，看看如何利用它呢。”

故事二十四

列那如何让农夫失望，伊桑格兰如何独吞熏肉而不愿与列那分享。

原来是一个农夫正经过这里，他背着一块熏猪肉，准备带回家。

“叔叔，要是您截下这块熏肉，用它来充饥，有谁会阻止您？这肉比起我又瘦又硬的脊骨肉来，可要美味得多了。”

伊桑格兰表示同意。

“这样吧，叔叔，您给我一次机会，让我帮您把这熏肉弄来。要是我完不成任务，随您怎样惩罚我，我一声都不会吭。您一定能得到它，如果您吃饱了以后还有剩余，我们就把它卖掉；要知道我是这世界上最会做生意的商人。卖得的钱我们俩一起分：您拿三分之二，我拿三分之一；这是规矩。”

“看在圣人克莱尔的分上，”伊桑格兰说，“我一点都不想和农夫打交道。就在昨天，我经过一座村庄的时候，一个农夫还用大棒打我，差点没把我打扁了；我连仇都不能报，真丢人！”

“您就别操心了，”列那回答，“我会把这件事办妥的。要是等一会儿您见不到熏肉的话，就用绳子把我吊死。”

“那就祝你好运吧！”伊桑格兰说，“我倒是要看看你有多大能耐。”

列那起先艰难地拖着身体前进，因为刚才遭到的毒打，他失去了往日的敏捷。他沿着树林，步履蹒跚地走在野草丛生的小径上，最后赶到了农夫的前头。他拿出最擅长的诡计，躺在小路中央。刚才在树林里，他可能也会这样做，为的是在饱经老伙计的暴打之后恢复一下体力。

农夫看到列那拖着身体倒在小路当中，以为他受了致命伤，可以轻而易举地抓到他。于是他背着熏肉，手里握着当拐杖用的木棒，走上前去，弯下腰，打算把列那从地上捡起来。列那朝旁边跳了一小步。农夫并没有气馁，他的木棒砸落在列那的脊梁上；列那的旧伤上又添了新痛，他大叫一声，逃离开去。农夫说："无论你怎样逃，我也要用你的皮毛做大衣。"可是，说起来容易，做起来可就没那么方便了。

农夫在列那身后追了不到十步，就不得不把背着的熏肉卸下来，以便跑得更快些。他把肉放到地上，一心只想着追上列那；他寻思着把列那的皮卖掉，就可以赚回刚才买熏肉的钱，而且他还可以把列那脖子上的那圈毛留给自己，做大衣的领子用。

伊桑格兰好奇地看着列那和农夫，对猎物并不抱有很大的希望。可是，当他看到农夫卸下了熏肉，便连忙加快脚步，跑下山来，拾起这珍贵的重负，然后回到原地。

农夫原以为肯定能抓住狐狸，可是他看到的却是狼叼着他的熏肉逃进了树林；与此同时，伊桑格兰的一举一动也没有逃过列那的眼睛，后者立刻不再蹒跚爬行，而是像离弦的箭一样飞跑而去，把农夫一个人留在那里。农夫没能得到他想要的狐狸，连自己的熏肉也被抢走了，气恼地抓着头发，不住地诅咒伊桑格兰、列那，还有自己的贪欲；正是这贪欲，使他既丢了西瓜，也失去了芝麻。他就这样空手回了家，相信自己是中了邪。

现在我们不谈农夫，掉转头来看看我们的两位朋友。列那回来时，伊桑格兰早就饱餐完毕，他用树叶把吃不掉的熏肉盖起来，这样更能保持肉的新鲜。农夫用来捆绑熏肉以方便背负的绳子，被丢弃在一边。

“伊桑格兰先生，”列那说，“希望您能把我的那份熏肉给我。”

“朋友，你在开玩笑？”狼回答，“你应该感到庆幸，因为我不再怨恨你。不过，我允许你把这绳子拿走，喜欢用它干什么就干什么；但想得到其他东西，那是休想。”

列那知道，与伊桑格兰这样强壮的伙伴在一起，是不可能索取到什么的。于是他说：“如果说有谁配得上这根绳子的话，那这个人肯定不是我。我明白了，和您在一起，就别指望得到什么好处，请允许我告辞。此外，我内心有一种强烈的负罪感，为了得到宽恕，我打算去圣-雅克朝圣。”

“好吧，”伊桑格兰说，“我就不留你啦；我会向上帝引荐你的。”

“我则会向魔鬼引荐你！”列那小声说着离开了，“至少这是我许下的愿，它会让您得到解脱。”

故事二十五

朝圣者列那如何遇见正在唱经的蟋蟀弗洛贝尔，他又如何没能得到后者的经书。

现在列那装模作样地上路朝圣去了，他沿着伊桑格兰平时出没的树林，翻山越岭，长途跋涉。一天上午，他来到一座村庄，走进神父的家，发现那里有很多鲜肉和咸肉。他暗想："我来这儿真是对了。但是要小心，这种地方经常会有陷阱。"

他小心翼翼地四处搜寻，伸长耳朵仔细聆听，突然听见有什么声音，便立刻吓得浑身战栗，以为自己被发现了。其实那是蟋蟀弗洛贝尔在烤炉门前愉快地唱经。他看见列那，便停了下来。

"啊！说真的，"列那认出了他，便往前伸长了腿，对他说，"只有教士才能像您这样唱经。您继续唱吧，弗洛贝尔先生，我也想借借光。"

"上帝！"弗洛贝尔回答，"您看上去就不像是个忏悔的朝圣者，我倒是很好奇，想知道您究竟犯了什么错。"

说着，他快步向列那跑来；列那立刻把斗篷的袖子罩在他身上。他以为抓住了弗洛贝尔，马上就可以将他送入口中；可是他扑了个空，弗洛贝尔幸运地在斗篷里找到了一个出口。

“啊！列那，我早就知道你，”他说，“你虽然换上了朝圣的衣服，却没有改变你的本性。那些在路上觊觎别人的人都是魔鬼的朝圣者；所幸的是上帝救了我。”

“弗洛贝尔先生，”列那回答，“您是喝多了吧？我觊觎您？您难道不知道我只是想看看您的经书吗？要是我刚才拿到了它，就一定能学会里面很多好听的圣歌。我非常需要唱这些圣歌，因为我现在状况很不好：朝圣的路使我筋疲力尽，我活不了多久了，每当我想起曾经犯下的罪孽，就惊恐万状。要是我能找到一位忏悔师该多好！弗洛贝尔先生，您乐意做我的忏悔师吗？您知道，我来这儿是想见神父的，可看样子见不着他了，别人告诉我他去开教务会议了。”

“耐心点，”弗洛贝尔回答，“神父一会儿就会回来。”

说话间，传来了猎狗们的吠声，和他们在一起的还有驯狗员、弓箭手和猎人。列那立刻撒开腿逃跑，可他还是被发现了。来人放开了猎狗，争先恐后地叫喊：“狐狸！狐狸！”“快上！塔波斯、里高斯、卡拉狼波斯！还有你们，特利布雷、普莱桑斯！”

可是列那也没有大意。为了避免被包围，他又折返回来，蜷缩着躲在烤炉顶上，一直等到喧闹的人群走远，那些人还以为他们离列那越来越近了呢。

不过，喧闹声也吵醒了伊桑格兰，他的踪迹被发现了。于是猎狗们追上了他，疯狂地撕咬他。伊桑格兰勇猛地自卫，他撕开了好几条猎狗的胸膛，迫使他们无力再战。

列那躲在烤炉顶上观战。“啊！我的好叔叔，”他叫道，“这就是您拒绝与我分享熏肉的好处。要是您不那么贪吃，就不会如此笨重，精力就会更加充沛。”

这些话非但没有让伊桑格兰泄气，反而更激起了他的斗志：他一口咬死了最近的那条猎狗，其他猎狗也不同程度地负了伤，终于鲜血淋漓地放弃了战斗。

伊桑格兰步履艰难地回到家中，但让他最为难受的，是没能抓住机会把列那掐死，和他彻底了断。不过伊桑格兰还没有到忍无可忍的地步，所以在耶稣升天节的时候，他又将成为他那位好侄子的诡计的牺牲品。

故事二十六

列那如何遇见国王诺布尔和伊桑格兰，两位冤家如何相互给予和平之吻。

伊桑格兰本可以向列那报仇雪恨，可最终还是饶了他一命。尽管如此，他坚信自己高贵的妻子艾尔桑对这位老伙计恨之入骨；至于列那，出于本性，他从不放过任何一个羞辱和欺骗伊桑格兰的机会。

一天，列那在树林里打埋伏，希望能弄到一些猎物带回家里，给他亲爱的艾莫莉娜。没过多久，他就看见国王诺布尔陛下在总管伊桑格兰的陪同下朝这里走来。他俩步伐一致，愉快地聊着天。列那并不回避，反而走上前去，打算从这次相遇中捞一些好处，同时给自己的老伙计制造点麻烦。他深深地弯下腰向国王致敬："欢迎你们，尊贵的客人。"

"是你，列那先生！"国王回答。他知道伊桑格兰的不如意，所以竭力克制，不让自己笑出来。"看在你准备使用的那些诡计的分上，我祝你今天快乐、走运。"

"说实话，陛下，我非常需要您的祝福。今天天一亮我就开始打猎了；我想带一些东西给我妻子吃，她刚刚又为我生下一个孩子，可是直到现在，我什么也没有打到。"

“你在打猎？”国王口气严厉地回答，“你难道就这样撇下我们，自说自话地做事情吗？”

“陛下，”列那继续说，“我以我对您的忠诚发誓，我知道自己不配和您平时的随从们走在一起，我也不敢妄想您在这么多大人物中间看我一眼！和我们这些小人物相比，您当然更喜欢那些上等的贵族，比如狗熊布朗先生、野猪泊桑先生、野牛罗纽斯先生、狼伊桑格兰老爷，还有其他和他们一样的人。”

“你看，”国王又说，“你又开始嘲弄人了。好啦，你就留在我们身边吧；至少，我们允许你今天和我们一起打猎，一起寻找适合我们吃的东西。”

“啊！陛下，”列那回答，“我不敢这样做，因为伊桑格兰先生看见我就不舒服；不知为何，他对我恨之入骨。但我可以以脑袋发誓，我从来没有冒犯过他。他指责我玷污了他的妻子，可看在上帝的分上，我向艾尔桑大妈提出的要求，从来不比向我的亲妈提出的多。”

“我也这样想，列那，”国王接着说，“这件事不能当真，但你也听说了人们怀疑你们有不正当的男女关系。不过要惩罚你的话，必须有确凿的证据，而他们却拿不出。所以，不要再捕风捉影了，我希望你们俩言归于好。”

“上帝会报答您！事实上，我以我对艾莫莉娜的忠诚起誓，真相在我这一边。”

“我说，伊桑格兰，”国王又发话说，“你对列那的仇恨有道理吗？你这样诽谤他，真是疯了。在艾尔桑夫人这件事上，我肯定他没有任何值得指责的地方。你就大度一点，忘掉这些陈年烂谷子的怨恨。难道我们能仅凭道听途说，就去恨一个人吗？我比你更了解列那，我相信他不可能做出被人指责的事情，这一点就像皇帝屋大维的城堡塔楼那么坚固。”

“陛下，”伊桑格兰说，“既然您做证，我相信您。”

“那你还等什么？好了，你走近些，真心实意地原谅他。”

“遵命。陛下，当着您的面，我原谅他；我将忘掉过去的一切怨恨，我保证今后我们要做一辈子的朋友和伙伴。”

于是，两个根本不喜欢对方，而且永远不会喜欢对方的家伙相互亲了亲，以示和平。尽管他们表达了自己的愿望，发誓彻底和解，而且还是当着国王的面，但实际上两人依然讨厌对方，对于他俩的亲吻我根本不屑一顾。这是最最虚伪、最最骗人的和平，一句话：这是列那的和平。

故事二十七

国王诺布尔、伊桑格兰和列那如何打猎，他们遇见了一个农夫，列那如何将农夫淹死。

三人重新上路：诺布尔走在前面，接着是伊桑格兰，最后跟着列那。

“我们该怎么办？”国王看着列那问，“你熟悉这地方，就当我们的向导吧；我们听你的。你知道附近是否有草地、树林或者牧场，在那里我们可能打到猎物？”

“陛下，我对圣人雷米发誓，”列那回答，“我什么都不敢向您保证。不过，我记得在那边的两山之间，有一个绿树葱茏的山谷，邻近村庄的牲畜经常去那里吃草。您想去那里吗？”

“我同意。”国王说。

于是他们继续前进。大家将可以看到，刚刚还信誓旦旦的友谊有多么牢固。他们来到草地前，伊桑格兰一眼就看到草地尽头有上好的猎物。他满心欢喜地说：“我们没选错路，陛下。我看到那边有一头公牛、一头母牛和一头牛犊；不能让它们跑了。不过，最好是派列那到前面去，看看是否有可怕的猎狗或农夫，多加小心总不会错的。”

“你说得对，”国王说，“列那既心细又狡猾，他比任何人都善于侦察地形。那你就去吧，列那。侦察完毕后立刻回来报告。”

“很荣幸为您效劳，陛下。”

说着他立刻朝田野跑去，不一会儿就来到猎物的附近。看牲口的农夫在一棵榆树脚下安静地打盹儿。列那悄悄溜到他身旁，心里盘算着如何打发他。列那没有弄醒他，而是抓住一根树枝，迅速往高处跳去。他从一根树枝跳到另一根树枝，最后停在了农夫脑袋的正上方。我是否要继续把故事讲下去呢？列那简直是一个名副其实的混蛋，他转过身去，使劲用力，将一大泡奇臭无比的粪便泼到农夫的头上。农夫感觉到脸上有一种稀薄的糊状物在流淌，惊醒过来，用手摸了摸潮湿的脸，怎么也猜不出树上会掉下这样的东西。他抬起眼睛，看到的只是一片苍翠的树枝，原来列那早就躲到浓密的树叶丛中去了。农夫惊讶到了极点，以为自己被鬼神捉弄了。他再用手摸了摸，摸到一种油腻潮湿的东西，那味道恶心得让人无法忍受。于是他站起身来，径直向草地尽头的小河跑去；那条小河的水深足有二十英尺。“先洗把脸，”他暗想，“然后再找那个对我恶作剧的家伙。”

他来到小河旁，跪下身子，准备洗脸。这时，一直在监视农夫的列那从树上滑到地上，来到他身旁。他看到农夫躬身弯腰对着河水，就猛地跳到他的背上，压得他掉进了河里。而列那自己却连一滴河水都没沾到。可怜的农夫惊慌失措，伸长腿脚，扑腾着企图摆脱危险；可是列那没有走开，他看到不远处有一块又平又方的大石头，就把它推到河边，高高举起，重重地扔到农夫的背上；石头带着农夫沉到了河底的淤泥中。

这时候，国王和总管等得厌倦了，便朝前走了几步路。伊桑格兰的眼睛好，看见列那站在河边，就指着他对诺布尔说：“您看，陛下，列那就是这样为您效劳的；他让您等得心焦，自己却在那里戏水玩耍。他找到了自己需要的东西，就不再顾及其他了。真应该让他去死，作为我们等他这么长时间的惩罚。陛下，要是您同意，我们从这边绕过去，这样我们至少能知道是什么把他留在了那里。”

“好，”国王说，“我对圣人于连发誓，要是列那捉弄了我们，他会付出沉重的代价，连想重犯的机会都不会再有。”

他们心情恶劣地来到河边。这时，农夫已经在河里扑腾了很长时间，上上下下沉浮了两次，耗尽了最后一点力气。列那打算了结农夫的生命，以便及早回到国王身边；于是他迅速堆起一大堆土块，像冰雹一样朝农夫身上猛烈地砸去，使他第三次——也是最后一次——沉到了水底。农夫被水草缠住，再也上不来了。但愿上帝接收他进天堂！至少从今天起，他可以放心，别人不再会说他的坏话了。至于那些猎物，它们已经成为猎人们的囊中之物，再也没有谁能阻止它们被猎食了。

干完这件大事之后，列那开始往回走。正如大家看到的那样，诺布尔陛下和伊桑格兰老爷为他节省了一大半路程。

“欢迎你们，”列那说，“陛下，还有陛下的随从！”

“我可不想向你问好，”国王回答，“列那先生，也许我应该把你吊在长柄叉上，作为你把我们撇下这么长时间的惩罚。”

“这可不是我的错，陛下，”列那争辩道，“我以我对妻子的忠诚发誓，我和看守牲口的农夫发生了一些小纠纷，您知道，要是他发现了你们，就会把牲口藏起来。不过感谢上帝，您看我现在生龙活虎地回来了，精神饱满、体力充沛，而他却去河底见青蛙了。我猜想您一定盼着我回来，等待的确使人厌倦，但要是您知道了我是怎样干的，就一定会更加赞赏我。让我仔仔细细地告诉您吧。”

于是，列那就把事情的经过原原本本地告诉他们：他如何爬上榆树，如何弄脏农夫的脸，惊恐的农夫如何跑到河边洗脸，他又如何蹑手蹑脚来到农夫身边并跳上他的脊背，然后让他失去平衡掉进河里，最后让他永远待在了河底。

国王听着，怒火渐渐转为发笑的欲望。他一边拍手，一边称由于农夫的所作所为，这是他最好的下场。“噢！”轮到伊桑格兰说话了，“这听上去似乎很好笑；不过，要使我相信，最好还是让我亲眼看见。”

“好吧，”列那回答，“您可以满足自己的愿望，去河底吧，农夫会告诉您我是否在撒谎。”

“不用啦，”国王说，他想为总管挽回一点面子，“我可不想再多见一个农夫，我根本不在乎他们，那还不如让我把头埋在成千上万条毒蛇中间呢！既然他在河底，那就让他待在那里吧！至于我们，得赶紧去瓜分猎物了。”

故事二十八

伊桑格兰如何不能像列那这样分配猎物。

诺布尔先转身对伊桑格兰说："总管先生，由你来分配每人应得的猎物，你一定能轻而易举地找到一个办法，让我们三个皆大欢喜。"

"陛下，既然这是您的旨意，那我只有遵命了。说实话，我非常愿意吃……吃什么呢？公牛？母牛？还是牛犊？"他犹豫了一会儿，好像在寻思一个十全十美的办法；因为他想起了农夫的一句谚语：

见利而行不义
后悔都来不及。

话说回来，他宁可自己被掐死，也不愿分给列那什么东西。

"陛下，"他终于说，"我看，公牛和漂亮的母牛归您，我只要牛犊就行了，至于那只红毛狐狸，虽然您同意他跟在身边，但我知道他不爱吃牛肉，就让他到别处去找吃的吧。"

噢！领主的权力真是太重要了！任何东西都必须属于他，任何事情都必须合他的心意，特别是永远不要和他谈什么分享。这规矩无论到哪里都是千古不变的，可是总管伊桑格兰却似乎忘记了这个事实！

于是，他得到了应有的报应：诺布尔听了他的话，不住摇头，显得极为愤怒。他不等这位分配者把话说完，就站起身来，向前走了两步，举起可怕的爪子，拍在伊桑格兰的脸上；这一拍力量如此之大，把伊桑格兰的脸皮都拍掉了，弄得他满脸是血。

“伊桑格兰，”他说，“我早就应该料到，你根本不会分配猎物。列那，你比他更聪明、更能干，你来满足我们三个人的要求。”

“陛下，”列那回答，“您太抬举我了，我简直不敢想象。我看就这样吧：陛下，您喜欢什么就拿什么，剩下的猎物归我们。”

“不，不！”诺布尔说，“我不愿意这样，我希望你根据自己的判断，用公平的方式进行分配，不能让任何人有抱怨的理由。”

“那好！”列那又说，“既然您希望这样，我的意见是：首先，按照伊桑格兰的建议，公牛归您；它是属于国王的猎物，落入您的手是最最光荣的了。母牛的肉鲜嫩肥厚，就给王后娘娘吧。要是我没有记错的话，王子殿下最近刚刚断奶，他还不满一岁；这小牛犊的肉就像牛奶一样滑顺，应该给他享用。至于我和那头吝啬的狼，我们可以到别处去寻找猎物。”

列那的话让国王的脸上洋溢起愉快的神情。“对啦，”他说，“这才是公平的分法，任何人都不会有意见。很好，列那，我很满意。不过，告诉我，你分配得这么好，是谁教你的？”

“陛下，”列那回答，“在我眼里，伊桑格兰的小红帽有着极高的权威。我甚至认为，您赐给他的这顶冠冕即使不将他和使徒相提并论，至少也象征着红衣主教的地位。噢，多么美丽的红色呀！在它面前必须躬身致敬。”

“列那先生，列那先生，”国王轻轻将胳膊放到他的耳朵上说，“你是个机灵的人，不光会吃，还知道其他很多事情。就让那些拒绝你帮助的人倒霉吧；你能牢记别人说过的话，也懂得如何巧妙地利用别人干的蠢事。你们就在这里握手言和吧；我会对伊桑格兰说，要是他不想遗憾的话，下次就得分配得更合理些。至于我，我有非常要紧的事要做，不得不先走了。你们要在树林里仔细搜寻，如果发现了什么猎物，我允许你们把它们带走。再见，列那！你分配得很好，真的，分配得很好！”

“我说，伊桑格兰先生，您感觉如何？”诺布尔刚刚带着猎物离开，列那就问，“国王是不是大大地冒犯了我们？难道像我们这样的贵族应该受到如此的对待和戏弄吗？请相信我，要是我俩稍稍团结一些，就一定能让他难堪。我是您的朋友，我会给您最好的建议，全心全力帮助您狠狠地报复这个无赖国王。说实话，受到如此的对待真是太羞耻了，我们这样只能激起他变本加厉的欲望。我的想法是：不管怎样，先要报复他对我们的侮辱，然后再报复他蛮横无理地夺走原本属于我们的食物。”

伊桑格兰认真地听着列那讲话。他很自傲，所以对自己受到的待遇心怀怨恨；如果能报此仇，他会非常高兴，但话说回来，要想和国王打仗，他必须有很多盟友。出于谨慎，他首先得向真正的朋友征询意见。“不过，”他暗想，“上哪儿去找比列那更智慧、更能干、更有用的顾问呢？可是，要是他背叛我怎么办？要是他诱骗我说出秘密，再去向国王告密怎么办？背叛不单是他的习惯，而且已经成了狐狸的本性……不！我这是对他有偏见；不管怎样，他是我的伙伴；他难道想让我完蛋？他是个贤明的人，国王刚才要我们讲和的时候还这么说。可是，我的妻子！我的妻子呀！……这一切都是谣言；我要报复国王，列那会帮助我，为我出谋划策，我要是拒绝他，就无异于一个疯子。”

于是他回答列那：“好朋友，我亲爱而温和的伙伴，我的确非常需要你的帮助，请你答应我的请求。我希望在天黑之前报复我们这位恶毒的国王。”

“噢!”列那一心想转移伙伴的仇恨目标，便立刻说，“您不必如此着急；这件事我们下次再谈。眼下，我最想做的事情是去和家人团聚；我离开莫贝杜伊已经很久了，我要回去看看。再见，亲爱的伊桑格兰叔叔；让我们联合起来对付这骄傲的国王吧。”

说着，两位言归于好的朋友便分手了。还没有走出一百步，他们就已经忘记了将要进行的战斗，还有各自的誓言——这誓言他们已经说过多次，也背叛过多次。

故事二十九

列那如何进入水井，又毫发无损地出来；伊桑格兰如何进入水井，却遍体鳞伤地出来。

那些没有心情聆听某一位圣人的誓言或生平，却对令人捧腹或容易记忆的故事津津乐道的人们，我要奉劝你们闭嘴。虽然我并不是一个以理性见长的人，但我们却经常可以在学校里见到贩卖智慧的疯子。列那先生，他是一位诡计大师，是所有中规中矩者的天敌，他可以轻而易举地将整个世界玩弄于股掌之间，并且依靠他的狡诈同魔鬼抗衡；现在，我就为大家讲述列那的一个新花招。

列那去离家很远的地方打猎，可是没有碰见任何猎物，只得空着肚子从树林里回来。后来他又出去了一次，结果是再一次白费工夫：他躲在灌木丛中苦苦守候，但无济于事，他听到的只是自己的肚子在咕咕叫唤，仿佛是在抱怨懒惰的牙齿和休息的喉咙。

肚子的不断抱怨促使他决定再试一次。一条荆棘丛生的狭窄小路通向平地，平地尽头有一个庄园，四周围着高大的房子。那是白衣僧侣们的修道院，僧侣是从来不缺好东西吃的。修道院的左边有一个粮仓，列那希望能去里面来一次虔诚的参观；可是粮仓的墙又高又坚固。多么可惜呀！里面一定囤积着狐狸爱吃的所有东西：母鸡、公鸡、母鸭、公鸭。列那从下面的门缝望去，看见一个鸡舍，那里也许休息着他最喜欢的食物，看到这撩人心魄的场面，列那的眼睛再也离不开了。难道这里连一扇外窗、一个洞口、一个天窗都没有吗？他开始绝望，便蹲在门下，打算好好理一理自己忧郁的思绪。可恰在此时——噢！多么幸运！——虚掩着的门在轻压之下打开了，意外地给列那留出了一条通道。他立刻走进院子。不过，单单走进院子可不够，要是被发现的话，那他这身毛皮就危险了。所以，他小心翼翼地前进，走近鸡舍。再往前走一步，这些鸡就是他的了。但是，万一它们叫起来怎么办？想到这里，列那停下了脚步，甚至掉头往回走去。他正要跨出大门，突然感到一丝羞耻，不由得在院子里站住，脑海里萌发了冒险的念头。萦绕在心头的强烈的饥饿感促使他下定决心：与其饿死，还不如饱受拳脚。于是，他重新回到觊觎已久的猎物旁，不过这一次他是从另一条道绕过来的，为的是使自己更加隐蔽，撤离时也更加方便。很快，他就选定了三只正在睡觉的母鸡，它们栖息在干草堆后面的一根长木条上。干草一有动静，母鸡们就惊跳起来，跑到更远一点的地方蹲下；列那猛冲过去，将它们逐一掐死，将两只母鸡连头带翅膀吞了下去，走的时候还带上了第三只。

这一仗干得漂亮，列那有惊无险地离开了僧侣们令人幸福的粮仓。可是，饥饿平息之后，随之而来的却是干渴，怎么办呢？庄园前面有一口井，列那连忙跑过去。不幸的是，他够不着井水。他焦急得浑身颤抖，舔着干枯的胡须，简直觉得无计可施了；突然，他看到自己脑袋上方有一个圆柱形的绞盘，上面绕着两股绳索，一股垂到井下，另一股拴着一只空木桶，木桶放在地面上。列那立刻明白了绳索和木桶的作用，于是他把从粮仓抓来的母鸡放到地上，走近井口，将绳索绕在自己身上，用尽全力拉着，希望能把井底的那只木桶拉上来。可是，也许是木桶没有盛满，也许是绕在绞盘上的绳索从销栓上掉落了下来，列那竟然不知不觉地把自己拉进了水井。

现在他可以尽情豪饮了，甚至还有时间随心所欲地钓鱼。不过，我怀疑他是否有这份心情——干渴已不再折磨他，但取而代之的是害怕和恐惧。他一直是个捕猎者，可现在反倒成了被捕者！噢，上帝！他会变成什么呢？要离开这里，除非是插上了翅膀。所谓的智慧现在对他又能有什么用？如果没有人把他拉出去，他就将永远待在这里，直到最后的审判那一天。要真是这样，他甚至不用担心那些僧侣了，他们生来是他的敌人，无时不惦记着他毛皮上那圈白色的项圈。

列那痛苦地想着，一只爪子抓住井绳，另一只抓住漂浮在水面上的木桶的把手。这时，伊桑格兰碰巧也从树林里出来，他又饥又渴，出于同样的目的，来到了修道院附近。可是，他太笨拙，没有发现修道院大门的缺陷。"好吧，"他一边说，一边往回走，"这里根本不是什么活神仙的住所，而是一片魔鬼的土地。什么吃的和喝的都找不到。我看见那边有一口所谓的水井，可有什么办法能从里面打哪怕是一滴水上来呢？"

不过，伊桑格兰还是走近了水井，他把爪子放到圆形石井栏上，目测着水井的深度。列那先生安静得如同一个影子，他一半身体浸在清澈的水中，所以仍能看到他的全身。"我看见什么了！"伊桑格兰突然说，"列那先生在井底！这怎么可能？"他又看了看，这次，他的身影倒映在水中，和列那的身体交织在一起，使他产生了各种奇怪的念头。他以为亲眼看到了列那和他妻子艾尔桑在一起，怀疑他俩说好在这里约会。"的确是他和她！啊！你这个背信弃义的女人，你还敢说自己不曾和恶毒的列那在一起被捉奸在床吗？"水井里回荡着"列那"的名字和伊桑格兰的咒骂，这声音更加证实了后者的耻辱和不幸。

列那马上听出了他的老伙计的声音，便让他诅咒叫喊了一阵。过了几分钟，他问："上面是谁？谁在说话？"

"行了！"伊桑格兰回答，"我认出你啦！"

"我也认出您了。不错，我曾经是您的好邻居、好伙伴，作为您的侄子我深深爱着您；可现在，我是已故的列那了。我活着的时候非常聪明，现在，感谢上帝，我死了，来到了一个乐园。"

"要是你真的死了，"伊桑格兰说，"我倒是不难过——你什么时候死的？"

"两天前。您不要惊讶，伊桑格兰先生，所有活着的人都难免一死，每个人都将跨过死亡之门。上帝出于好心，把我从穷困的山谷里救了出来，让我离开了这散发着恶臭、无法自拔的尘世；但愿您死的时候，他也能眷顾您，伊桑格兰！不过，我首先要劝告您——这也是为您好——改变对我的态度。"

"我倒是很愿意这样做，"伊桑格兰回答，"既然你已经死了，我可以让上帝做证，我不再恨你，甚至还有点遗憾你不在人世。"

"可是我却非常高兴。"

"什么？你没开玩笑？"

"我说的是实话。"

"你说得清楚些。"

"好吧。一方面，我的身体躺在我亲爱的艾莫莉娜家，另一方面，我的灵魂在天堂，在上帝的脚下。您现在懂得为什么我这么高兴和快乐了吧？我拥有想要的一切。啊！伊桑格兰先生，我不想称颂自己，可您本应该待我更好一点的，因为我从来不曾想加害于您，相反总是想帮您。我这样说并不是在忏悔，因为我的美德得到了太好的回报；如果说您是人间的大人物，那我在另一个世界的地位比您还要高。在这里，我看到的净是肥沃的乡村、美丽的草地、欢乐的平原、常绿的树林；在这里，有你们那里见不到的肥美母羊、公羊和羊羔；在这里，有你们数不过来的家兔、野兔和鸡鸭。总而言之，我要什么就有什么，就像我的邻居们一样。我们想吃多少鸡就能吃多少鸡。您想要证据吗？在井栏边应该有一只母鸡，那是我在上一顿盛宴上吃不了扔出来的。您仔细看看，就能找到。”

伊桑格兰微微转过头去，果真看到了列那说的母鸡。“他说的是实话，”他暗想，“他住的是什么天堂呀，有这么肥美的母鸡！吃了它以后，其他什么鸡我都不会再想吃了。”他一边想，一边张开嘴咬向母鸡，把它吃了个精光，只留下几根鸡毛。然后，他回到井边，“已故的列那，”他说，“可怜可怜你的伙伴吧；看在上帝的面子上，告诉我如何才能像你这样到天堂去。”

“啊！”列那答道，“您在问一件难以办到的事情。要知道，天堂是建在天上的房子，不是想去就去、想什么时候去就什么时候去的。您得承认您向来是一个暴力、奸诈、不诚实的人。您一直无端地怀疑我，而事实上您的妻子有那么多的美德，简直就是知书达礼的典范。”

“对，对，我承认，”伊桑格兰说，“可是现在我已经悔悟了。”

“好吧！要是您真的像您所说的那样做好了准备，那么就看一看那两只木桶：其中的一只在您身边，另一只在我这里。它们是用来称量灵魂的善恶的。当一个人认为自己有条件追求天堂的快乐时，他就要进入上面的那只木桶，如果他真的悔悟了，木桶就会轻而易举地下来；可要是他忏悔得不好或不彻底，那么他就只能留在上面。”

“忏悔？”伊桑格兰问，“难道你为自己的罪孽忏悔过了吗？”

“当然。临死前，我看见一只老兔子和一头长满胡须的山羊路过这里，我请求他们听我的忏悔，并且得到了他们的宽恕。要是您也想下到我身边来的话，就必须先为自己做的坏事忏悔和反省。”

“噢！如果仅此而已的话，”伊桑格兰万分高兴地说，“那我已经都做到了。就在昨天，我在路上遇见了山雀于贝尔先生，我叫住了他，请他听我的忏悔并宽恕我，他二话不说就答应了。”

“如果是这样，”列那说，“我非常愿意恳请天主在我身边为您留一个位置。”

“你快去吧，老伙计，我可以请圣人阿波迪特做证，我说的全是实话。”

“那您就跪下来，请求上帝允许您进入天堂。”

伊桑格兰转身背对东方，面朝夕阳，口中念念有词，还发出震耳欲聋的尖叫。然后他说：“列那，我祈祷完了。”

“我也得到了上帝给予您的恩赐。到木桶里去吧，我想您会顺利地下来的。”

这时天色已黑，天上布满了星星，星光洒满了水井。“您看见这神迹了吗，伊桑格兰？”列那说，“上千支蜡烛在我身边点亮，这充分说明耶稣已经原谅您了。”

伊桑格兰满怀信任和希望，他试了好多次，但都无功而返。最后，在伙伴的建议和帮助下，他终于用前肢抓住了井绳，依靠后肢站在木桶里。在他身体的重压下，绳索开始松动、下滑。伊桑格兰就这样下去了，列那的身体比他轻，所以就往上升起来。伊桑格兰又发现一件令他惊讶的事情：在下降的过程中，他感觉自己被列那撞了一下。“你去哪儿，亲爱的伙计？我没走错路吧？”

“没有，您没走错，完全正确。这里的规矩是这样的：新人来，旧人走。亲爱的伙计，现在轮到您与那些白袍僧侣做伴了。这对您可是一个学唱歌的好机会。”说完这几句话，他来到了井沿边，并拢双脚，一跃而上，然后转身就跑，一刻不停，直到白衣僧侣的修道院在他视野中消失为止。

伊桑格兰惊讶、羞惭、狂怒，说不出一句话来。他宁愿在阿勒颇城[①]前被俘，也不愿像现在这样羞愧和绝望到极点。他无望地试图上去，但手中的绳索却不住地滑脱，他能做到的，只是借助载他下来的那只木桶，把脑袋伸在冰冷的水面上，而整个身体则只好完全浸没在水中。

夜晚就这样过去了，对于伊桑格兰来说，这是一个漫长而又残酷的夜晚。现在让我们看看修道院里的人在干什么。或许是白衣僧侣们在前一天晚饭时往蚕豆里撒的盐太多了，他们醒得都很晚。在像管风琴那样打了一个晚上的呼噜之后，这些耶稣基督的慷慨的侍者们总算起床了，嚷着要水喝。厨子兼总管马上去了地窖，准备亲自去井边汲水；他带上了三个教士和一头壮实的西班牙毛驴，他们把井绳拴在毛驴身上。这时，狼还是小心地在水中坚持着。毛驴开始拉绳索了；可是它的力气远远不够拉起井里的重物。教士们狠命地用鞭子抽它，但无济于事。于是，一个教士打算看看井里究竟有什么：噢！惊人的发现！他看见了四只脚，然后认出了伊桑格兰的脑袋。他连忙叫来其他人："没错，是狼！"于是大家回到修道院，在宿舍、饭厅里广发警报。院长抓起大棒，副院长操起大烛台，其他僧侣则手持木桩、铁钎或木棍；大家全副武装，回到井边，围在绳索前。最后，在毛驴和僧侣们的共同努力下，木桶被拉了上来，碰到了井栏的上沿。伊桑格兰并没有久等，他一跃而起，跳过了前几个僧侣的头顶；可是其他僧侣却挡住了他的去路。他遭到一顿暴打，院长的大棒重重地砸在他可怜的脊梁上，以至于伊桑格兰就像祭出了自己的性命一样，无力抵抗，一动不动地趴在地上。副院长已经拿出了刀子，他准备剥下这身黑色的毛

---

① 指1146年阿勒颇战役中发生的战斗，以及努尔丁从约斯兰·德·库尔特耐手中夺回埃德撒城的战斗。参见有关十字军东征的历史书籍。——原注

阿勒颇：叙利亚北部重要城市；埃德撒：土耳其地名，最早为穆斯林公国，后为基督徒所夺，1144年努尔丁率领穆斯林军队从基督徒国王约斯兰·德·库尔特耐手中夺回，由此引发第二次十字军东征。

皮。这时令人尊敬的院长拦住了他:“我们要这毛皮有什么用?”他说,“它已经支离破碎、满是洞眼了。我们走吧,就让这堆烂肉留在这里。”

伊桑格兰并不抱怨别人蔑视他的毛皮,当僧侣们按照尊敬的院长之命远走之后,他用尽全力支撑起身体,慢慢地挪到树林边的灌木丛中。在那里他儿子发现了他:“啊!亲爱的爸爸,是谁让您变成这样的?”

“儿子,是列那,这个叛徒、奸贼、骗子!”

“怎么!又是那个当着我们的面侮辱了母亲,还用粪便玷污了我们的红毛侏儒?”

“就是他!但愿老天有眼,给我时间,让我能够报此深仇大恨!”

说着,伊桑格兰搂住儿子的脖子,在他的搀扶下回到了家门前。艾尔桑看到丈夫这副样子,叫得比任何人都响,显出一副对亲爱的丈夫所遭受的厄运悲伤不已的样子。大家四处寻找医生,把他们请来;医生们忙着检查、清洗伤口,在上面敷药,用珍贵的草药熬汤剂给病人喝。多亏了医生们的医术,病人恢复了体力和胃口,终于能起床走路了。但是,他之所以希望自己活下来,是为了等待机会,在不久的将来向背信弃义的列那报仇。

故事三十

新的不幸降临在母狼艾尔桑的头上，伊桑格兰决定到国王的宫殿前控告。

我们看到，伊桑格兰刚刚告别伤痛、刚刚从白衣僧侣的水井梦魇中恢复过来，就立刻开始寻思报仇的办法。向他的敌人公开挑战，和他真刀真枪地干一仗，这样做太危险，因为国王很可能出面干预，而列那也有很多狐朋狗友，他可以轻易地将他们招募在自己的旗下。所以，伊桑格兰觉得还是应该先对列那进行监视，伺机给他设一个圈套，让他一了百了，这样才更保险、更快捷，对自己而言也更安全。

他准确掌握了列那平时出没的地方。一天，他打算将列那围住，推到围墙边上，叫他没有任何逃生的机会。那时候正是割豌豆的季节，豌豆枝被扎成捆，堆在路上，列那当然不会错过机会来看。伊桑格兰看到列那走近，便立刻低下头，大叫一声，朝他冲去。可是列那从来就不会毫无戒备地走路，他非常镇定；伊桑格兰以为自己肯定要抓住列那了，列那却垂着尾巴伸着脖子，一转眼跑远了。

伊桑格兰和艾尔桑拔腿在后面追赶。列那逃上了一条蜿蜒的小路，伊桑格兰追的却是另一条路，还以为自己马上可以追上他了呢。母狼艾尔桑更注意列那的行动，她没有丢失追踪的线索，也许她是想告诉列那他所面临的危险，也许是希望为自己过去的耻辱雪恨。至于列那，他可不清楚母狼追赶他的真实意图，所以并不等她，而是一路狂奔，一直跑到莫贝杜伊城堡前的道口。道口很窄，列那正好通过，但可怜的艾尔桑腰宽臀肥，她跟着列那猛冲过去，却被卡住了，头和身体的前半部分嵌在石缝中，进退不得。她不由得发出求救的呼声，列那听见后从对面探出身子，朝她跑来。

“啊！是您，艾尔桑夫人，”他嘲讽地说，“您就这样一直追到情人的家里，来和他会面吗？是呀，我看见了，您的脖子被卡住了，这样您就有借口可以和我多待一会儿了。噢！您爱待多久就待多久吧，要是老伙计伊桑格兰找到您，我可不会掺和进来，随他怎么想吧。您还对他说您不爱我、从来没有和我单独约会过吗？说实话，换了我，我会说完全相反的话，我会说您爱我胜过爱您丈夫一百倍，只要有见到我的希望，什么都拦不住您。”

可怜的艾尔桑羞愧难当，她恳求恶毒的红毛狐狸可怜可怜她，把她从石缝中拖出来。列那正要出手救她，伊桑格兰赶到了。这下他可真是暴跳如雷了！

“啊！可恶的侏儒！为了你这一次对我的冒犯，你将付出沉重的代价！”

“我哪里冒犯您了？您在说什么？”列那回答着，连忙逃回家里，在石缝最窄的地方露出头来，“其实，伊桑格兰先生，您不知道我将要帮您尊贵的夫人什么忙。您没看见她被卡住了吗？难道她被卡在这里也是我的错吗？可是，您非但不感谢我对她的帮助，反而暴跳如雷。您以为我要打艾尔桑夫人？我可以发誓，我在尽一切努力解救她。”

“你发誓！？你这个双重骗子！你这一辈子就是一个没完没了的伪誓。别再吹牛胡说了，我亲眼所见，亲耳所闻。难道你就是通过不敬的言语来表示对她和对我的尊敬吗？”

“您真的太敏感、太爱钻牛角尖了，伊桑格兰先生。您夫人自觉自愿地卡在这石缝当中，我承认她还没有脱身，可您到的时候，我正要把她拉出来。我之所以没能更加迅速一点，是因为不久前我伤了腿，无法更加勤勉。我对您说的全是实话，希望您相信，除非您一心一意要找我的碴儿。再说，夫人也在场，您可以问她，我敢保证，一旦她从石缝里摆脱出来，肯定不会跟着您胡言乱语。上帝保佑您，伊桑格兰先生！”说完，他把脑袋缩进莫贝杜伊城堡，关上天窗，消失了。

伊桑格兰可没有被这些花言巧语所迷惑。他自认为见得多了，觉得那个罪人的解释不啻是对他新的冒犯。他来到妻子身边，试图将她拉出来。他抓住她露在外面的两只脚，用力拉扯，以至于弄伤了她，让她再次尖叫起来。更可气的是，母狼悲愤过度，五脏六腑翻江倒海，让心怀怜惜的伊桑格兰也因此而体验到了不那么惬意的感觉。一时间，他远远躲开，然后又和可怜的受害者齐心协力，手脚并用，移走了几块石头，将石缝稍稍扩大了一些。最后，他终于把艾尔桑拉出了这可恶的陷阱，这时母狼的脊背和膝盖早已经皮开肉绽了。可她还得蒙受伊桑格兰的指责：“啊！你这放荡的母狼，恶毒的水蛇，讨厌的毒蛇！你为什么不跟着我走同一条路？为什么不告诉我走错路了？列那一定跟你幽会过了，你别抵赖。”

“不，先生，我不会抵赖。列那什么坏事都干得出，可我却做不到由着我的性子来惩罚他。您别谈我听见的一切，也别谈我所受的痛苦。你我在此说话，并不能消除我们蒙受的侮辱。可是在诺布尔国王的宫廷里有法庭，有审判，人们了解各种各样的争斗和纠纷；我们应该去那里上诉、报仇。”

艾尔桑这一席痛苦而又隐忍的话语，如同一剂灵验的膏药，涂在伊桑格兰内心的创伤上。“是呀，”他说，“我也许过分地怪罪你了，这是因为我欠思考的缘故，我忘记了这里的规矩和法律。艾尔桑夫人，你的建议让我清醒过来。好，我们去向国王控告，只要这个可恶的侏儒敢到贵族法庭上出庭，那他就完了！”

第二部　审判

写在前面

《列那的审判》将向大家展示与前面的故事完全不同的特点，它可以被看成是列那对在故事中所作所为的赎罪。《列那的审判》不再讲述一系列的故事，这些故事的雏形有很多早在远古时代就已在民间流传；在这里，我们的行吟诗人们表现出了更为高超、更加无可辩驳的创造力。他们不仅保留了动物们各自被公认的特点，而且还表现了他们那个时代——或者说，是所有时代——的社会特点；因为社会机构的形态可以改变，但或多或少屈从于这些社会机构的人却不会。12世纪的社会中有国王、贵族、农夫（或者叫村民）、教士、诗人、艺术家，所有这些人今天仍然存在。比埃尔·德·圣-克鲁这位天才已经为我们创作了《狮王分赃》和《村长贝尔东的农庄》等故事，现在他又将第一次通过狮王诺布尔、列那、艾尔桑、伊桑格兰、骆驼龙巴尔、雄鹿布里什麦等形象，反映他那个时代的政治体制中的角色：国王、法庭、教会、骑士和妇女。和为接受现代法学家试图灌输给我们的相关知识而做的努力相比，也许我们在阅读了《列那的审判》之后，反而能更好地了解年轻的路易[1]统治时期真正的封建法律体制。对这一主题的研究，还能进一步帮助我们消除从父辈那里身不由已地继承下来的关于判断的独立性和稳固性的偏见；

① 年轻的路易：法国国王路易七世的绰号。

因为列那狐的故事之所以深受欢迎，要归功于它的作者们从当时社会的风俗画中汲取了营养，而这些故事正是时代风俗的真实写照。

教士们将他们写下的文字流传后世，但他们在那个时代的百姓习俗这个主题上，却欺骗了我们，因为百姓们做得很多，写得却极少。透过无数为寺庙编写的宗教书籍和酸溜溜的文字，我们今天可以假设中世纪是一个巨大的修道院，在那里，人们几乎没有思想的自由，生只是为了思考死。然而事实上，所有这些极富创造力的文字几乎不为当时的某些人所知，因为它们并不是为这些人而写；而《世纪》中有关文学的教导更多的则是基于爱情诗、战争诗、行吟诗，以及有关特洛伊、亚瑟[①]或列那的小说，所有这些作品的作者都受到国王、贵族、市民，甚至是教士的尊敬和恩宠，因此能够以一种并未过时的自由，表达自己对人和事的想法。《列那的审判》至少迫使我们承认，当时人们已经比较了解义务和权利的正确界限，被告有权为自己辩护，反对专断的倾向也在较好的酝酿之中，僵化的伪善今天几乎再也躲不过虚伪的猜疑，而在情趣方面，人们已不再将真正的雄辩等同于无用而自负的饶舌。

除此之外，我们可以说，如果武功歌是一出悲剧的话，那么《列那的审判》就是一出喜剧。比埃尔·德·圣-克鲁第一个将政治元素引入这类故事，他亦步亦趋，或者说平淡无奇地继承了史诗的布局、情节和形式；我认为，上述这一看法的正确性是毋庸置疑的，它足以开释某些人的自命不凡，后者对小说中原创的、最具个性的那些部分不以为然。在比埃尔及其后继者的身上，我们看到了和诗人吉拉尔·德·鲁西永[②]、丹麦人霍吉尔[③]、龙塞沃的

① 亚瑟：公元5世纪末6世纪初传说中苏格兰南部的凯尔特人国王，12—13世纪史诗体小说《布列塔尼小说》的主人公。

② 吉拉尔·德·鲁西永（约810—约877）：法国诗人，创作了众多武功歌。

③ 霍吉尔：虚构的丹麦英雄，典出法国中世纪武功歌。

罗兰[1]以及洛林的加兰[2]同时代人的形象。伊桑格兰鸣冤，野猪泊桑、狗熊布朗以及花猫蒂贝尔冒着风险完成使命，庭审和预审，原告的声辩和被告的自辩，司法判决和辩论，所有这一切都曾以更加崇高的方式，出现在阿斯普罗蒙特[3]、吉尔、吉拉尔和加兰的武功歌当中。无论是对列那的死刑判决，还是后来减刑为在修道院中的终身监禁，两者无一不是对贝尔纳·德·奈希尔和他侄子弗罗蒙丹[4]的判决的巧妙模仿。最后，科佩特夫人的车队来到审判大厅的情节，令我们不由得想到贝贡·德·伯兰[5]的灵柩来到他兄弟梅斯的加兰家中的情形。至于狮王诺布尔陛下，他当然就是“长着狮身鹰头兽胡须的查理大帝”。

而当我们想起巴赞·德·热拿[6]、加尼龙[7]、莫吉·德·埃格勒蒙[8]，甚至勒诺·德·蒙多邦[9]的时候，我们便不能否认比埃尔·德·圣-克鲁笔下的列那和他们是同类。

对于这么一部无足轻重的作品而言，我说得太多了，至少不应该在这里展开上述的评论材料。那么我最后再补充一句话：希望以后能有时间回过头来探讨这个问题。

---

① 龙塞沃：地名，位于西班牙境内的比利牛斯山西部，法国中世纪伟大史诗《罗兰之歌》的主人公罗兰于公元778年8月15日在此遇袭身亡。

② 洛林的加兰：即加兰·德·洛林，中世纪武功歌人物。

③ 阿斯普罗蒙特：中世纪武功歌，歌颂查理曼大帝和年轻的罗兰在意大利南方立下的功勋。该武功歌的名字取自意大利卡拉布里亚区的阿斯普罗蒙特高原。

④ 贝尔纳·德·奈希尔和弗罗蒙丹：均为武功歌《加兰·德·洛林》中的人物。

⑤ 贝贡·德·伯兰：《加兰·德·洛林》中的人物，加兰的兄弟。

⑥ 巴赞·德·热拿：《罗兰之歌》中的人物。

⑦ 加尼龙：《罗兰之歌》中的人物，罗兰的妹夫，在龙塞沃战役中背叛罗兰。他的名字现已成为叛徒的代名词。

⑧ 莫吉·德·埃格勒蒙：中世纪同名武功歌的主人公。

⑨ 勒诺·德·蒙多邦：中世纪武功歌《莫吉·德·埃格勒蒙》中的人物，莫吉·德·埃格勒蒙的表兄弟。

故事三十一

总管伊桑格兰和夫人艾尔桑如何到国王的宫殿上申冤叫屈。

伊桑格兰一分钟也不耽误，在夫人艾尔桑的陪同下来到朝廷。请大家不要忘记，伊桑格兰可是一位重要人物，在王室担任着总管的要职，他被人们一致认为深谙朝廷所有的人情世故。

伊桑格兰走进国王的大厅，拾级而上，看见大厅里座无虚席，到处是身居要职、势力强大的动物和腰缠万贯的贵族地主，他们全都是多少受到国王赏识的人。国王坐在宝座里，一副至高无上的样子；贵族们在他周围，围成一个荣耀的王冠形状。

伊桑格兰牵着妻子艾尔桑夫人的手，一直走到大厅中央，开始控诉。他的声音打破了大厅的宁静：

“陛下，这个世界上还有没有信义？正义难道应该遭受蔑视？真理难道必须让位于谎言吗？您曾经大张旗鼓地颁布命令，规定任何人都不得违反有关婚姻的法律，可是列那却根本不把您的愿望和命令放在心上。他是所有纠纷的根源，集各种诡计于一身，从来不顾及友情和亲情。他侮辱了我亲爱的妻子，也让我名誉扫地。陛下，请您相信，我到您这儿来，并不是出于盲目的仇恨和积怨；不幸的是，我向您控诉的句句都是实话，艾尔桑夫人可以为我做证。”

“的确如此，陛下，”艾尔桑低垂着眼睛，满脸羞愧地接过话头，“我刚到婚嫁年龄，列那就不厌其烦地纠缠着我。我总是躲避他，对他的无礼和恳求一直轻蔑有加。那天，我陪同尊贵的丈夫打猎，不幸来到列那的家门前，我在那里的狭道中迷了路，因为身体肥胖，被卡在里面脱不了身。这时，列那先生趁机殴打我，用最为难听的话羞辱我、凌辱我，而且是当着我丈夫的面，这让我感到倍加耻辱。”

她话音刚落，伊桑格兰立刻接下去说：“是的，陛下，您刚才听到的都是实话。现在您的看法如何？列那是否违反了法律和道德？为此，我要告他，并恳求您将此案提交给贵族们讨论，以便为我伸张正义。我还要补充一件事情，虽然刚才艾尔桑夫人不曾提及，但她也可以做证。几天前，列那来到我家找我儿子的碴儿，他用粪便弄脏他们，还殴打、虐待他们，称他们是杂种和野孩子。他这可是在闭着眼睛说瞎话！那次打猎——就是艾尔桑夫人刚才跟您提到的那次该死的打猎——的时候，我遇见他，斥责了他无耻的行为，可是他对所有事情都矢口否认，并发誓说，可以到我指定的任何一个地方来为自己洗刷冤屈。所以，陛下，我请求您受理这个案子，对此做出判决，以便类似的事情不会在将来再度发生。”

伊桑格兰说完就回到了自己的位子上。诺布尔国王的头微微低垂着，似乎想勉强挤出一丝微笑。“总管先生，”他说，“你还有什么要补充的吗？”

“没有了，陛下，除了想对您说：其实就我的名誉而言，要是能有其他办法，我是不会将这场纠纷公之于众的；可是，我担任着国家要职，不能带头违反您的政令而私下了结这场恩怨；真要是能这样做，那对我来说就太方便了。”

“艾尔桑，”国王又开口道，“现在你回答我。你说列那先生纠缠你，可是你是否爱过他呢？”

“我吗，陛下？从不。”

“那么，既然你不是他的朋友，怎么会一时糊涂，走到他家门前的那条路上去呢？”

“请原谅，陛下，您说错了，您不应该这么说的。我们可以完全相信总管大人的话，他刚才说了：列那在对我施行我所控诉的举动时，他也在场。”

“他真的在场吗？”

“毫无疑问。”

“这样的话，有谁会相信，列那这么一个侏儒会当着你丈夫的面侮辱你、非礼你呢？”

伊桑格兰激动地站起来：“陛下，您现在用不着为我和列那中的任何一方说话。您只需听取我的诉讼，受理它，然后做出支持或驳回的决定就行了。我要求列那到庭对质，只要他出庭，就能轻而易举地证明他对我妻子、我儿子，以及我本人进行了非礼和侮辱。”

这里我们有必要注意，国王诺布尔陛下内心其实并不希望让那些和男女情事有关的不法行为闹得朝廷乌烟瘴气；只要有希望平息这类纠纷，他就不会答应诉讼。所以伊桑格兰提出的指控令他很不高兴。他又说：“总管大人，我一点都不希望看到你和侏儒列那之间发生争斗。我觉得可以找到一个让你们和解的办法。”

“陛下，我却觉得，”伊桑格兰回答，“您一直在偏袒我的敌人。可是，圣母马利亚呀！您应该屈尊更多地关心我的这起纠纷，因为我长期以来一直比列那更加效忠于您。然而现在我明白了：要是我像他一样虚伪、奸诈和不忠，反而更能得到您的欢心。说真的，您让我为自己曾经对您做出的牺牲而后悔，我现在总算懂得了那句谚语的含义：有其君必有其臣。可惜太晚了。”

国王不耐烦地听完了这席话，然后高傲地回答："不错，我不想掩饰，如果列那是因爱情而犯错，那么我肯定会原谅他。他出于情感而令你忧伤，但这不会使人们觉得他不殷勤和不忠诚。不过，既然你提出了要求，那我就传唤他；我们将审理这个案子，根据朝廷的规矩来判决。从现在起，我接受你的上诉。"

Gebt mir das
und laßt mir das Meine

故事三十二

教皇特使夏莫先生如何就伊桑格兰的诉讼发表了一通深奥得没有人听得懂的演讲。在秘密召开的贵族会议上，雄鹿布里什麦、狗熊布朗、野猪泊桑、黄羊布拉多、猴子关德罗先后发言。

那一天，夏莫先生也在国王的顾问中间，他的睿智得到整个朝廷的无比尊敬。夏莫先生出生在君士坦丁堡附近，深得教皇的宠爱，后者任命他为特使，将他从意大利的伦巴第委派到国王诺布尔身边。他是一位权威的法学家。“大师，”国王对他说，“您记得在您的国家里是否有过类似的诉讼？如果有，它是否得到了受理？我们非常希望您就这个问题发表一下见解。”

夏莫立刻回答：“回禀大王：据本国政令，凡违家庭之法者，必先审之，而后方可加罪；故以大王之位，切不可贸然行事。至于判决，若大王有意惩戒，则窃以为体罚不如金罚。如此，违法者可受惩，政令亦可得循；此亦吾皇恺撒之所求也。若大王依此而行，则基业稳固，万众归心；否则，朝纲则将败乱，统治则将昏庸矣！吾不再多言，望大王明鉴。”

夏莫的话在贵族中反响不一，有的开始窃窃私语，有的则忍不住笑出声来。唯独诺布尔国王神情严肃："请各位贵族和老爷听着：我把这件感情纠纷的案子交给你们判断。你们首先要确定是否接受被告的证词，然后才能宣布判决。"

听到这些话以后，所有在场者都站了起来，其中最为睿智的几位在走出王宫之后便召开了一次会议。雄鹿布里什麦知道案子的重要性，所以答应主持会议。他右边坐着的是对列那恨之入骨的狗熊布朗，左边则是野猪泊桑。泊桑不偏袒任何一方，他只想根据法律和正义办事。就这样，大家聚集在一起坐下，准备对案子进行预审。

布里什麦赞同泊桑的建议，要求发言："各位大人，大家刚才听到了伊桑格兰对列那的控告。按照朝廷的规矩，一旦有谁要求惩罚不忠，他必须有第三者做证；这个规矩可以推翻不实指控，避免无辜者受害。现在我们来看看艾尔桑夫人的证词：她是伊桑格兰的妻子，和他生活在一起，完全顺从于他；若是没有得到她贵族丈夫的首肯，她是无权说话或沉默、来往或走动的；所以她的证词不足为信，我们应该要求原告提供更独立、更中立的第三者的证词。"

"上帝呀！各位大人，"这时狗熊布朗说道，"作为法官，我不同意大家刚才听到的话。原告不是一个卑微普通的人，他是王室的总管大人，他的话毫无疑问应该相信。噢！如果原告是一个穷光蛋、一个窃贼，或是一个强盗，那么在我们的眼里，他妻子的证词也许没有分量；可是，要是除了伊桑格兰自己，没有任何人能为他做证的话，那么他的名字应该具有足够的权威，使我们相信他。"

"布朗先生，"泊桑又说，"您说得不错；这里没有人不愿意相信伊桑格兰先生所说的每一句话。但是，现在的困难不在于确定原告和被告哪一个的话更可信。如果您说总管先生是诚实的贵族，那么列那为了免遭指控，也可以说自己同样诚实、同样可信。所以，我们这里不应该考虑当事人的功劳和地位，不然就可能发生这样的情况：人人都可以让自己的妻子做证，指控其他人。他可以说：某人欠我一百个钱币，我妻子能够做证，所以指控成立；这样，许多诚实的人将会因此而被错判。所以我不同意您的这种做法。布朗先生，请允许我这样说，您的主张是错误的，我赞同布里什麦的意见，他的话是最聪明、最公允、最正确的。”

说到这里，黄羊布拉多要求发言。“指控的罪名不光是这些：伊桑格兰控告列那抢走了他的食物，玷污了他的孩子，还殴打他们、侮辱他们，骂他们是杂种。如此罪行理应惩罚，才能保证日后不再发生。”

“您说得对，”布朗回应道，“我再补充一点：那些为列那辩护的人应该感到羞耻和愧疚！什么？难道我们可以侮辱一个正直的人，将他的财产占为己有，就像是捡到的一笔钱财或宝物吗？如果国王对贵族的事情这样不闻不问，那我真的会对他很不满；不过，话说回来，我并不惊讶。因为正如谚语说的那样，‘有其肉必有其勺’，‘猫最清楚自己应该舔哪根胡须’。所以我不再多说；只是，感谢上帝！国王在暗地里偷笑伊桑格兰的指控，并且偏袒列那这个恶毒而可鄙的马屁精，这种做法让人不敢恭维。各位大人，关于这个问题，请允许我告诉大家，上一次我本人是如何被这个恶毒透顶的无赖欺骗的。这件事说起来并不长。

“列那发现一个新建的村庄，从树林边望去，他认准了一户农夫人家，里面有很多家禽和食物，于是他每天夜里都去那里狩猎。他总是在农夫家里吃掉一只可怜的家禽，然后带一只回莫贝杜伊。整整一个月都是如此。后来，农夫为了报复，准备了猎狗，并且在树林的每一条道路上都设下了各种各样的陷阱，有活结、套索、夹子、网兜、捕笼等等。面对如此严密的防范，列那有好长一段时间不敢走出树林去农庄。

“可是他知道，我仪表堂堂、举止威严，走到哪里都会引起别人的注意，而他身材短小，逃跑时更加灵便。他觉得要是我们俩同时被发现，人们会首先来围捕我，而他则可以趁机逃脱农夫和猎狗的追赶。他了解这个世界上我最喜欢吃的东西是蜂蜜，所以一年前的一天，他来到我在圣–让的住所。'啊！布朗先生，'他对我说，'我看见一罐多好的蜂蜜呀！'

"'在哪儿？在哪儿？'我问。

"'唉！在贡斯当·戴诺阿的家里。'

"'我能去尝尝吗？'

"'当然，您只要跟我走就行了。'

"于是第二天晚上，我们摸索着来到了农庄。我们一步一步地前进，每走一步都要看看是否有人跟着我们。我们找到了敞开的小门，进了农庄，为了保险，我们在菜地里一动不动地待了好长时间。我们事先说好先找到蜂蜜罐，将它打碎，吃完蜂蜜后就回来。可是列那经过鸡舍时，忍不住爬了上去，惊醒了母鸡们。它们尖叫起来，惊动了整个村庄，农夫们从四面八方跑来，他们发现了列那，一边叫，一边争先恐后地向他扑去。大家知道，这时候我心里非常着急，于是迈开大步逃跑；然而列那比我更熟悉逃跑的路线，追赶他的人看到了我，就抛开他挡住了我的去路。就这样，我眼看着这背信弃义的家伙逃了出去，'唉！怎么，列那，'我对他说，'您怎么能让我一个人身陷麻烦呢？'

"'说实话，亲爱的布朗先生，'他回答，'我们各自好自为之吧；我先走了，我不得不跑得快一点。好吧！您也努力脱身吧；谁让您没有一匹迅疾的骏马和一双尖锐的马刺呢？所以要是您被农夫们做成腌肉，那只能怪您自己。您听见他们的叫声了吗？如果您穿着这身毛皮感到热，可以指望他们帮您扒下来。至于我，我得去厨房了，我会为您烹制我带回去的鸡仔；啊，我差点忘了，布朗先生，您喜欢什么调料？'说着，这无赖逃走了，把我一个人扔给了追兵。大家说，你们见到过如此卑鄙的小人吗？

"这时候叫声越来越可怕，农夫们把我围住，猎狗们蜂拥而上，我感觉到后者的利齿和前者的箭镞。我明白自己有多危险，决心冲出重围。我扑向猎狗，撕咬着、拉扯着，将它们撞翻在地。猎人们总算见识了像我这样的对手。尽管我中了上百个箭镞，可猎狗们还是不敢碰我；我迫使农夫们交出了战场的主动权。可这仅仅是一刹那之间的事；我趁他们谁都不敢接近我，抓住一个农夫，撕开了他的肚子。我用脚踩、用牙齿咬，让他发出垂死的尖叫；但不幸的是，另一个农夫从后面上来，用大棒狠狠地砸在我的后颈上，我摇晃了一下，倒在地上。猎狗和农夫们立刻拥上来：我感觉到牙齿的撕咬、长矛的铁尖，还有暴雨般砸来的石块。猎狗们前赴后继地冲上来。最后，我遍体鳞伤，只好决定逃进树林。人们不敢追赶，我慢慢地撤向最近的树林，很快从那里回到了我的领地。

"这就是列那帮过我的大忙。我不打算告他，只是想通过这件事告诉大家他的行事方式。今天控告他的是伊桑格兰先生，上次控告他的则是铁斯兰——列那曾无耻地拔下他的羽毛，并打算把他藏到一个安全的地方。花猫蒂贝尔因列那而失去了尾巴；列那的朋友梅桑热夫人将亲口告诉你们，列那是如何借口要给她和平之吻而想吃掉她。所有这些坏事都必须得到严惩；列那之所以如此大胆，就是因为他不曾受到过惩罚。"

听完了这长篇大论，泊桑要求简短回答："非常感谢，布朗先生，可我们不能如此急躁地了结这桩案子。伊桑格兰的指控还没有被公开；我们目前只听到过原告的证词，所以，要根据法律和道德来审判这个案子，肯定需要极高的智慧。既然我们已经听过了指控，那么也应该听一听辩白。何必这么急下结论呢？难道罗马能够在一天的时间里建成吗？我并不为列那说话，也不为伊桑格兰说话；但是，我们是不是应该在朝廷上组织一次公开辩论呢？应该向双方提问，听双方陈述。等列那出庭，案子得到证实以后，我们再考虑应该给罪犯以什么样的惩罚。”

“同意，”猴子关德罗说，“那些不经对质就急着要审判列那的人肯定是中了邪。”

“至于您，关德罗，”布朗回敬道，“您站在列那那一边，这一点都不令人惊奇；您和他有同样的本领，列那已经好几次摆脱了困境，这一次只要仰仗您，他一定也能全身而退。”

“好吧，大师，”猴子优雅地撇了撇嘴，回答说，“您至少得告诉我们，究竟为什么如此急着要宣判。”

“看在圣人利切的面子上，”布朗说，“我可以在世界的任何一个法庭上宣布，列那是万恶之源，伊桑格兰对他的指控完全正确。难道当一个女人和她的丈夫一致要求伸张正义的时候，我们还需要什么证据吗？我们只需指控他是罪犯，将他五花大绑地押来，关进大牢，鞭笞一顿，然后砍去他的手脚，让他以后再也不能侮辱其他贵族的夫人。凌辱罪在任何地方都是这样判决的；惩罚相当严厉，哪怕被凌辱的是一个没人要的妓女。更何况现在受害者是一位尊贵而贤良的夫人，她无法忍受自己所受的屈辱，难道我们反而要对罪犯宽宏大量吗？其实，列那的罪行已经明明白白，否则没有人会想到伊桑格兰会控告他；如果这一次正义得不到伸张，那么伊桑格兰将蒙受多么大的耻辱！”

“说实话，”关德罗冷笑着回答，“有人借口那么一小点荣誉，却把自己所有的羞耻都展示在别人的眼前，这真奇怪！唉，上帝！要是列那真的做了人们指控一个慈悲的罪人所做的那些事，那么我们的职责是对当事双方进行调解。再说，请相信我，狼并不如我们想象的那么魁梧，列那也并不怕他，他知道有时候小雨能平息大风。列那一定会来，我坚信。至于布朗先生，他讲了这么多话，实在是失去了一次沉默的好机会。”

布里什麦心烦意乱，打断了这冷言冷语的争吵。他简明地总结了大家的意见。“各位大人，”他说，“我们应该弄清事实，以调解双方。列那曾经提出起誓，我们就让他来实现这个诺言。同样，正如睿智的泊桑所指出的那样，只要事实真相还没有澄清，我们就不能判定谋杀或凌辱的罪行。到目前为止，我们应该调解这场纠纷。但是我们要考虑到可能发生的意外和误解。列那宣誓完毕以后，国王很可能要离开这里；那么，庭审将在谁的主持下进行呢？我认为住在弗洛贝尔泉的野狗罗尼奥斯可以被任命为法官。他是一个正直的人，他的仁慈堪称典范；选择他做法官，肯定会得到一致同意。”

这一建议获得了所有人的鼓掌。会议结束，顾问们回到国王那里，向他汇报会议决定去了。

故事三十三

司法总管布里什麦如何向国王诺布尔汇报会议结果，格兰贝尔如何被委派传唤列那。

布里什麦荣幸地受托向国王汇报，他用华丽的辞藻说道："陛下，我们研究了天下所有与此案有关的判例，并将它们汇总起来。如果您恩准的话，我将代表其他人向您一一汇报。"狮王向布里什麦转过身来，点头表示同意。于是布里什麦在鞠躬行礼之后，继续汇报：

"请听我说，陛下，要是我说得不对，您可以随时打断我。首先，我们确认伊桑格兰的控告应该被受理，并得到公正的对待；但是，如果他想证明控告的真实性，就必须在规定的日期内出示第三名证人，以证明他请求予以惩罚的事件。其次，我们一致认为，他妻子的证词没有任何价值，不能支持他的指控。在这个问题上，布朗和泊桑进行了激烈的争论，最终顾问会议还是得出了我刚才向您汇报的结论。这个问题得到了解决，没有人对此提出异议。星期天弥撒结束后，列那将做宣誓，然后将立刻在野狗罗尼奥斯的主持下进行判决；不管结果如何，当事双方必须服从，并同意与对方和解。"

"我的圣地伯利恒[①]呀！"狮王高兴地说，"要是能这样了结这桩烦

---

① 伯利恒：巴勒斯坦中部城市，位于耶路撒冷以南，传为耶稣降生地，是基督教圣地。

人的案子，我愿意多花一千块金币。就这么说定了：星期天弥撒结束后重新开庭，由住在弗洛贝尔泉品德高尚的野狗罗尼奥斯主持。鉴于列那还没有出过庭，我将委派獾子格兰贝尔去传唤他，让他在仪式结束后前来宣誓，然后回答与伊桑格兰指控有关的所有问题。"

国王说完后，没有任何人说话，于是会议结束，大家都各自回家。格兰贝尔一刻都不耽误，准备动身，他出发来到莫贝杜伊，找到了列那，告诉他贵族们如何决定传唤他，让他在罗尼奥斯的主持下宣誓并进行法庭辩论，国王又如何委派他自己前来传唤。列那回答说他求之不得，一定遵命到庭，而且事先声明会服从法庭的判决。

故事三十四

当事人伊桑格兰拜访野狗罗尼奥斯。

格兰贝尔走了，列那独自陶醉在对自己命运和诡计的信任之中。列那知道他有很多敌人，但他一点都不担心这些敌人会和自己作对，因为他是如此憎恨他们、蔑视他们。

伊桑格兰却不像列那这样漫不经心，在审判前的三天，他去拜访了罗尼奥斯。罗尼奥斯正舒舒服服地躺在弗洛贝尔泉庄园前的草褥床上。伊桑格兰起先不敢肯定自己贸然打扰他是否谨慎，可是罗尼奥斯看到他停在那里，便示意他放心前来；伊桑格兰连忙按吩咐行事。

“我现在就告诉您我拜访的目的。”他对罗尼奥斯说，“我需要您的建议；您知道列那的很多劣迹，现在我已经向他宣战了。我告了他，控告已被受理，庭审的日子也已排定，星期天弥撒之后，列那将在您面前出庭；因为法庭任命您主持辩论。但是，辩论之前，列那将通过宣誓为自己洗刷罪过。这无疑太便宜他了；所以我来请求您的帮助，让他输掉这场官司。首先，我们应该去哪儿选他要宣誓的圣地呢？这个问题很重要，我向您坦白说，它让我有点担心。”

“说实话，”罗尼奥斯说，“这村庄里男女圣人数不胜数，您只会挑花了眼。不过，您听我说，如果布里什麦希望担任法官，我们就得想一个更好的办法。到时候我可以装死，躺在村外的一条沟里；您到处传播我的亡故是如何具有教益，当人们前来为我收尸的时候，他们会看见我朝天躺着，张着嘴，拖着舌头。您将众人叫到我的周围，等列那来了，您就宣布，只要他同意在我的牙齿前宣誓，说他从未欺侮过您的妻子，您就和他了结所有的恩怨。等到他靠近我的嘴巴，我就一把抓住他，让他尝尝所谓的圣体是如何被抓和被咬的。要是他发现了我们的陷阱，就会拒绝去圣地，但他也不会得到什么好处；我会安排四十多条最强壮的野狗打他的埋伏。除非列那是一个魔鬼，否则就算他逃脱了我的利齿，也逃不过我朋友们的利爪。上帝保佑您，伊桑格兰！设法去安排好一切吧，剩下的事情由我来负责。”

故事三十五

伊桑格兰召集所有亲戚朋友、两位贵族及其盟友来到圣人罗尼奥斯的面前。

伊桑格兰完全同意罗尼奥斯的想法。他对此次拜访非常满意，于是向盟友告辞，回到树林，开始寻找朋友。他并不给他们写信，而是跑遍树林、平原和山川，亲自登门逐个拜访。不久，他家里就来了很多人：昂头挺胸步伐坚定的司法总管布里什麦、狗熊布朗、野猪泊桑、羚羊缪撒、非洲豹列奥帕、老虎第格尔、猎豹潘泰尔，还有刚从西班牙回来的巫师关德罗，后者并不在乎诉讼双方是谁，只是出于好奇，站到了伊桑格兰这一边。“各位大人，”伊桑格兰说，“我把大家请来，是希望得到你们的帮助。”于是，所有在场者，不管是伊桑格兰的熟人还是陌路、亲戚还是朋友，都保证只要他的目的没有完全达到，就永不分开。伊桑格兰的支持者就是这些。

至于列那，他也有同样众多的捍卫者。他这个阵营的旗手是黄鼠狼富怡奈；花猫蒂贝尔紧随其后，他虽然不喜欢列那，但出于亲戚的责任，也加入了进来；传唤官格兰贝尔作为列那的表兄弟，当然也义不容辞地支持他。松鼠卢斯莱一路小跑地来了，接着是旱獭根特、鼹鼠古尔特、老鼠贝雷、野兔库阿尔、水獭路特尔、貂马儿特、河狸比埃弗、刺猬埃利松、鼬贝莱特；蚂蚁福尔米是第一批趾高气扬地前来支持列那的人之一；至于家兔噶罗班先生，他推说这么一大群人让他感到有点担心，所以大家原谅了他的缺席请求。

列那赶紧将这群高贵的同伴带到村庄附近，因为法庭辩论将在那里进行。伊桑格兰和他的朋友们早就在那里等候了。双方见面后有一点小麻烦，但大家最终约定，伊桑格兰占据山谷，列那则到山头上去。在两大阵营中间的壕沟里，罗尼奥斯先生缩着头颈，拖着舌头，纹丝不动地躺着。在他不远处的果园里，藏着我们所知道的野狗朋友们；他们大约有一百多个，对伊桑格兰的敌人怀着同样的仇恨。

故事三十六

列那先生如何产生怀疑，不愿在圣人罗尼奥斯的牙齿前起誓。

布里什麦被一致推选为第一次动物大会的主席，他站起身子说道："列那，您将面对伊桑格兰对您的指控。请走过来按照您的诺言宣誓，不要犹豫。我们知道您的话是可信的，用不着强迫您找来圣人的遗骨做证。不过，至少您还是应该在令人不快的圣人罗尼奥斯的牙齿面前发誓，表明您从来没有欺骗过伊桑格兰，也没有侮辱过他的妻子，以证明您的正直和磊落不容置疑。"

列那也站起身子，夹住尾巴，神气活现地准备按照要求宣誓。不过，在阴谋诡计方面，列那可是举世无双的：他发现路边有埋伏，又从罗尼奥斯呼吸时肋部的起伏而猜出他没有死。于是他往后退了一步，布里什麦看见了。"喂，怎么了，列那？"他问，"您还犹豫什么？您只要将右手放在圣人罗尼奥斯的牙齿上就可以了。"

"大人，"列那回答，"我知道不管我有没有道理，都必须执行您的命令；但是，我认为我发现了一件您没有料到的事情，必须告诉您。"

"不，不，"布里什麦说，"我不接受您的借口，您必须宣誓，不然您就得服从我们对您的判决。"

值得庆幸的是，獾子格兰贝尔同样也看穿了罗尼奥斯的诡计，可是他不愿与这么多有权有势的人物作对，所以就想出一条聪明的权宜之计。“大人，”他说，“从道理上说，至少列那没有必要面对众人宣誓，像他这样有地位的贵族不应该在蜂拥而至的人群面前出丑。请您让旁观者走开，以便尊贵的被告能走近圣地。”

“的确，”布里什麦说，“我倒没有想到，您说得有道理，格兰贝尔先生，我这就让他们让出一条道来。”

说着，他命令驱散站在前后及两边的人群。列那抓住这个有利时机，迅速冲上人们刚刚为他让出的道路；他越过盟友们聚集着的山岗，穿过一条旧车道，消失在峡谷之中。与此同时，伊桑格兰的盟友们大吼着、尖叫着、诅咒着，而罗尼奥斯埋伏下的野狗们则如同一支支离弦之箭，循着列那的踪迹追去。

故事三十七

圣人罗尼奥斯的朋友们对列那的逃脱恼怒不已，他们如何紧追不舍；总管伊桑格兰如何发誓以后再次到法庭上控告列那。

您想知道那些勇猛的雄野狗的名字吗？首先就是从壕沟里一跃而起的罗尼奥斯；接着是富农莫贝尔的狗爱斯比亚；还有阿尔班、魔狼、布鲁耶、爱格利亚、厄特卫兰、呢绒商爱富拉尔的妻子吉蓝的狗热希涅、阿菲都厄斯、高尔福斯、迪朗、鲁瓦也、洛夫拉、阿米让、克拉尔蒙、马卡尔·德·利夫的狗加里尼埃、高尔纳布、埃尔贝罗、弗里亚尔、布里斯高、福利桑、弗瓦齐耶、莱澳帕尔、狄松、库尔单、李高、帕斯路、戈蓝高、路瓦叶、帕斯乌特、希亚尔、巴居拉尔、弗莱那的蒂贝尔大人的狗艾斯杜尔米、比莱、夏沛、帕斯杜尔、艾斯杜尔、朗吉尼也、水猎埃克尔什朗德、马尔福罗莱、维奥莱、瓦斯莱、格勒奇永、艾莫里勇、艾斯杜尔诺、爱斯格拉里奥、夏努、莫甘、维基耶、帕萨旺、伯莱、宝夏、马莱、屠夫兰博的狗普瓦尼昂、奥斯皮多斯、特拉斯摩奴、杜尔纳福依、福尔威尔，以及刚从彭多德梅尔赶来的帕斯马莱。

一起追赶的母野狗有波德和佛鲁瓦兹、柯姬野、瑟碧野、从索特拉威尔赶来的布里雅尔、佛芙、布洛爱特、莫莱特、波爱特、维奥莱特、布拉茜娜、玛丽尼厄丝、住在拉梅尔莱特的罗贝尔的狗莫帕尔丽爱、让特洛丝、杂务修士的狗普利莫-诺瓦儿，以及离列那最近的品可耐特。要不是列那在树林边上被拦下的话，他是不会把后者放在心上的。

现在列那使出浑身解数，他这样做无可厚非，他必须以最快的速度逃跑。三条最健壮的野狗在树林边的荆棘丛中追上了他，他们是特朗勋、拨埃蒙和法义；列那比任何时候都要危险。野狗们朝他扑来，将他打翻在地，用牙齿撕咬他。列那漂亮的毛皮上溅满了鲜血；但最后他还是用计谋摆脱了野狗，半跑半爬地回到了莫贝杜伊的家。

列那在家里得到了他渴望已久的休息，并找医生对伤口进行了包扎和治疗，他发誓要向一手策划圣地阴谋的罗尼奥斯报仇，置他于死地。与此同时，伊桑格兰却对列那的逃脱懊恼不已。谁知道以后是否还会有如此好的机会呢？他把所有的动物盟友都召集起来："布朗先生、罗尼奥斯先生、泊桑先生，你们是国王的挚友和亲密顾问，你们看见列那这个骗子是如何履行诺言的了。难道还有什么更能说明他的罪过，说明他根本不愿按照诺言宣誓吗？所以各位朋友，请听我说，等国王陛下上朝的时候，你们必须证明列那没有宣誓，这事关你们的荣誉。"

"要是国王陛下不主持公道，"布朗先生插话说，"不判处列那在大庭广众之下接受绞刑，那么他就不是一个好国王。"

"绞刑或者火刑都可以。"伊桑格兰附和道。

"可是，"格兰贝尔说，"请允许我说两句，列那的所为并不像你们所说的那样恶劣，你们在吉夏尔桥上的时候他逃跑了，因为他似乎觉察到有陷阱，他发现躺在沟里、拖着舌头的罗尼奥斯并没有死，还在呼吸。"

这席话令众人惊讶不已，引起了骚动。罗尼奥斯又怕又愧，站起身来说道:“格兰贝尔先生,您这是要控告我犯了欺骗罪吗?”

“我可没有这么说,”格兰贝尔回答,“不过我想为列那说几句话。我们别在这里争论不休了,还是到法庭上去说吧。要是列那真的有罪,你们的控告会得到满足的。”

“我已经下定了决心,”伊桑格兰说,“不管发生什么事情,我会在五月份的全体贵族大会上继续上诉;我要请求贵族大会主持正义,我希望有人证明骗子列那拒绝了人们对他宣誓的要求。”

伊桑格兰说完,大家纷纷离开,一直要等到下次上朝开贵族大会的时候,才会到国王那里去。

故事三十八

国王诺布尔如何召开全体大会，伊桑格兰如何再次控告列那。

佩罗[①]借助他知道和学到的全部知识，创作了关于列那及其伙伴伊桑格兰的诗句；佩罗还如此生动地向我们讲述了狮王诺布尔如何瓜分猎物、列那如何拒绝在圣人罗尼奥斯的牙齿前宣誓的故事；但他却忘记了故事最为精彩的部分，即国王诺布尔的朝廷就卑鄙的列那和伊桑格兰先生及其尊贵的夫人艾尔桑太太之间的纠纷所做的判决。

故事告诉我们：冬去春来，嫩芽满枝，玫瑰也开始绽放；耶稣升天节即将来临。国王诺布尔陛下召集众动物来到王宫，升殿上朝。大家纷纷应召，除了列那——这个万恶的骗子和奸贼。于是，所有人都争先恐后地诋毁他，控诉他的恶行。伊桑格兰当然不会落后，他要抓住这个机会为自己报仇，所以他径直走到国王的宝座前说：

“雄武而仁慈的陛下，我请求您伸张正义，对侮辱我妻子艾尔桑的列那做出惩罚。他诱骗我妻子到莫贝杜伊的城堡，在她醒悟之前，用行动和语言侮辱了她；这时我恰巧赶到，目睹了列那的无礼举动。在

① 即比埃尔·德·圣–克鲁，佩罗是比埃尔的爱称。

此之前，他还偷偷潜入我的家，用粪便玷污了我的孩子，我在这个世界上的任何亲人，他简直都不肯放过。鉴于我在您的朝廷上控告了他，他不得不选定日期洗刷罪名；但我以圣人的名义发誓，不知出于什么原因，临将宣誓的时候，他突然后退，跑回了自己的巢穴。正如大家认为的那样，我对此非常失望。”

国王仔细听完之后说：“伊桑格兰，听我的话，撤回你的控告吧；重复你蒙受的耻辱对你没有任何好处。每个贵族，甚至国王都会遇到相似的麻烦，但他们并不在意。所有身居朝廷高职的人都曾经受过和你一样的委屈，但我从来没有见过他们为了这么点小事大吵大闹。家庭纠纷最好还是不要张扬。”

“啊！陛下，”这时狗熊布朗说道，“您说话应该更加得体一些。难道伊桑格兰是死了，或者是被关在监狱里，所以无法自己报复列那对他的羞辱吗？恰恰相反，他的强大众所周知，足以让那头红毛狐丧失害人的本领；然而，他一直遵守着刚刚缔结的和平宣言。您是国家的君主，重拾武器的决定应该由您来做，贵族们的团结也应该由您维护。只要您谴责了谁，我们随时都可以介入干预。现在伊桑格兰在控告列那，请您对这场纠纷做出判决；如果有一方欠了另一方什么东西，那么他必须偿还，而且还要在您面前为自己的恶行付出代价。请您派人去莫贝杜伊传唤列那，至于我，如果您委派我当这个信使的话，我一定把他带到这里来，让他知道朝廷的规矩。”

“布朗先生，”这时公牛布吕扬开口说，“可惜我的话不是针对您，而是针对所有和您看法相同的人。我要建议国王惩罚列那对他婶婶造成的伤害和侮辱。列那干了那么多坏事，冒犯了那么多值得尊敬的动物，任何人都不应该怜悯他。伊桑格兰先生有什么必要去证明那些人尽皆知的事实呢？我不管别人说什么，要是有一天列那这个奸诈的盗贼、卑鄙的骗子、恶毒红毛狐胆敢对我妻子说一句不敬的话，那么不管是要塞、城堡，还是莫贝杜伊，任何东西都不能阻挡我把他踩得粉碎，然后将那堆散发着恶臭的烂肉扔进某个私人作坊！艾尔桑夫人，您为什么不自己报这个仇？您是怎么想的？其实我理解您，您感到羞愧，因为您在非常冷静的情况下受到了这个十恶不赦的家伙的冒犯。"

"听我说，布吕扬先生，"獾子格兰贝尔说，"我们应该不惜一切代价，平息关于这个棘手案子的风言风语。那些散布谣言、妄加评论、极尽夸张之能事的人，到头来一定会后悔自己把握不住事态。我们面对的并不是公开的暴力、破门抢劫，或是破坏停战，列那所有受到大家指责的罪行，全部源自他内心的爱——可以被原谅的爱。所以，我们不能急于说他的坏话、急于指控他。列那很久以来一直爱着艾尔桑，尽管艾尔桑夫人受到了他的伤害，但她本人是不会提出控告的。至于伊桑格兰，应该说他过于把此事放在心上了，他应该谨慎从事，不应把此事告知国王和贵族们。请伊桑格兰权衡一下：如果列那留下任何犯罪的痕迹，如果伊桑格兰的家和家具遭到损坏，总之，只要他在这件事情中损失了哪怕是一颗榛果，我可以以列那的名义保证，将一切恢复原状，只要列那本人一到，我立刻就可以让他许下诺言。不过话说回来，所有的耻辱都将落在艾尔桑的头上。不错，夫人，对您而言，您丈夫大张旗鼓的最大好处，就是您将成为所有议论、所有嘲讽的主题。啊！要是在此之后您依然爱伊桑格兰，要是您能忍受他继续称您为姐妹或妻子，那么您真是最为不幸的造物了！"

这席话说得艾尔桑夫人满脸通红；她浑身颤抖，额头上渗满汗珠。最后，她长叹了一声。"格兰贝尔先生，"她说，"您说得对，我何尝不希望我丈夫和列那成为好朋友。我真的一点都不爱列那，我可以接受炮烙或开水之刑，以此来证明我的话。可是，我的话又能有什么分量呢？一个可怜而不幸的女人的话是不会有人相信的。不错，我以所有我崇拜的圣人以及我的救星上帝的名义发誓，列那待我就像待他母亲那样，仅此而已。我这样说不是为了列那本人，也不是为了替他的案子辩护；我根本不在乎他和所有爱他或恨他的人，就像我不在乎驴子爱吃的蓟草那样。我这样说是为了伊桑格兰，他的嫉妒让我连喘息的机会都没有，他总是认为自己上当受骗了。看在我儿子品萨尔的分上，十年前，也就是4月1日复活节那天，我和伊桑格兰结了婚。婚礼十分豪华，应邀前来的宾客挤满了我们的洞穴，就连鹅想找个地方生一个蛋都没有。从此，我一直是一个忠诚的妻子，从来不曾给任何人说三道四，或认为我是个疯女人的机会。所以，不管别人相信与否，我以圣母马利亚的名义发誓，我的所作所为无异于一个聪慧而虔诚的修女。"

艾尔桑的话，以及她证明自己品行时自然的语气，令驴子贝尔纳先生欣喜不已。他觉得伊桑格兰固然正确，但艾尔桑夫人也没有错。"啊！"他感叹道，"贤惠的夫人，要是我妻子也像您一样聪慧忠诚，那真是上帝有眼了！您刚才对上帝和天堂的圣人发誓，这已经足够了，我支持您的辩护，我可以和您一起发誓。如果您曾接受列那的爱情、答应他的要求，那么上帝就将毫不留情地对待我，让我吃不到一根鲜嫩的蓟草。可是，一个人若是断言自己不曾见过的事、指责原本应该尊敬的事，那这就是天大的恶毒、诽谤和嫉妒。啊，列那！你出生来到这世界的日子真是个令人诅咒的日子！因为关于艾尔桑喜欢你的谣言，就是从你那里散布开来的。你是个十足的骗子。事实上，当她今天表示愿意接受炮烙或开水之刑以证明自己清白的时候，事实已经很清楚了！"

艾尔桑惊喜地听驴子讲完，接着不忘补充了几句。于是大家开始争先恐后地嘲讽列那；大凡一个人大势已去时，都会遭到这样落井下石的对待；只有格兰贝尔才是列那忠实的朋友，为了维护他表兄弟的利益，他独自一人和所有人争论。他走近国王，摘下帽子放到肩上，掀起外套，“我请求大家安静一会儿。”他说，“陛下，作为仁慈而开明的君主，请您平息这两位贵族的争执，宽恕列那先生。请允许我去将他带到这里，您将听到他的回答；如果朝廷决定判他的刑，那么请您决定他应受的惩罚；他一定会服从您的。要是他拒绝上朝，而且不能说明理由，您可以给他以严厉的处置，命令他做双重的忏悔。”

兔子库阿尔对格兰贝尔以及总司铎贝尔纳刚才的话表示赞同。“我的圣人阿芒呀！”他说，“格兰贝尔先生的话很对。如果不让列那先生自我辩护就将他赶出去，那么公正就将受到破坏。所以应该传唤列那，我相信他能证明自己的清白。不过，要是在艾尔桑夫人这件事情上，他的言语或行动真的有什么可以指责的地方，那他一定会承认，而不会立伪誓。所以，我愿意和素来谨慎的总司铎贝尔纳一起为艾尔桑夫人担保。我不再多说，请其他人发言。”

在所有这些争论之后，贵族会议做出如下决定：“陛下，要是您不反对，如果列那收到传唤后拒绝出庭并不说明任何理由，请命令将他强制押解到庭，以当面宣布他应受之刑。”

“各位贵族大人，”诺布尔国王说，“你们希望对列那做出判决，但你们都错了。你们为自己找到了一块可以啃食的骨头，可这块骨头会在将来的某个时刻崩掉你们的牙齿。与其到时候后悔，还不如现在好好想想。我其实有很多指控列那的理由，但只要他承认错误，我就不希望失去他。所以伊桑格兰，请你相信我，答应你夫人请求的刑罚；如果你不答应，那么我就只好下命令了。”

“啊！陛下，”伊桑格兰激动地回答，“请您别这么做，我求您了。万一艾尔桑死于她自己请求的刑罚，万一开水或烙铁烫伤了她，那么所有人——包括那些原先不知情的人——都将知道此事，拍手称快的只能是我的敌人。他们见了我会对我说：‘嫉妒鬼来了，就是被老婆戴了绿帽子的那个。’我宁愿收回控告，自己去讨回公道。葡萄的收获季节就要到来，我打算去追捕列那，无论是钥匙还是门锁、高墙还是深沟，都无法保住他的小命。”

“真是胡言乱语！”国王诺布尔恼怒地回答，“你这场战争还真的没完没了了！见鬼！你希望和列那一了百了，那是妄想；他比你聪明，与其说他害怕你的陷阱，不如说你更害怕他的诡计。再说，全国都在休养生息，和平已经缔结；谁要是想破坏它，那他就自认倒霉吧！”

故事三十九

尚特克莱尔、品特夫人和她的三个姐妹如何请求为科佩特夫人伸张正义，后者被列那恶毒地杀害了。

国王这一反对重燃战火的声明对伊桑格兰不啻是致命的一击：他失去常态，不知所措，双眼冒着怒火，夹着尾巴坐回到他妻子的身边。就这样，列那的案子眼看就要圆满收场，一切都预示着纠纷即将得到调解，可就在这时，尚特克莱尔带着品特夫人和三只母鸡来到朝廷上。他们是来恳求国王主持公道的，这样一来，对列那的怒火又死灰复燃了。

公鸡尚特克莱尔先生、下蛋又大又多的品特夫人，以及她的三个姐妹路赛特、博朗什和诺瓦莱特拱卫着一口黑色的灵柩，里面躺着一只昨夜死去的母鸡：原来是列那抓住并撕碎了她，扯掉了她的一只翅膀，咬断了她的一条腿，最终使她魂归西天。

国王厌倦了争辩，正要宣布会议结束，尚特克莱尔和母鸡们却大声地击着掌进来了。品特鼓足勇气，首先开口："啊！看在上帝的分上，各位大人，狗先生、狼先生们，尊贵而善良的动物们，请不要拒绝一位无辜的受害者的申诉。我们真应该诅咒自己的生辰！噢，死神呀，趁我们还没有倒在列那凶残的利齿之下，快来把我们带走吧！我有五位叔伯，他们全都被列那吃了；我还有四位姑姨，有的是豆蔻年华，有的则已是雍容美妇，弗莱那的农夫龚贝尔把她们喂得肥肥的，好让她们下出上好的鸡蛋；可这一切全都是白费，她们中只有一个逃脱了列那的魔爪，其他三个全都成了他的盘中美餐。还有您，温柔的科佩特，我亲爱而不幸的朋友，此时您躺在灵柩中，您会告诉我们自己曾是多么丰腴和温柔！现在您悲伤欲绝的姐姐该怎么办？啊，列那！愿地狱之火把你吞噬！多少次你追赶我们，恐吓我们，驱散我们！多少次你撕碎了我们的衣裙！又有多少个夜晚你翻墙潜入我们的住处！就在昨天，你把我妹妹扔在大门边，她已气息全无。你逃之夭夭，因为你听见了龚贝尔的脚步声；可惜他没有一匹快马，不能拦住你的逃路。所以我们前来求助于大家；我们已没有任何报仇的希望，各位尊贵的大人，要伸张正义只有依靠你们了。”

品特的话不时被她的啜泣打断，说完这席话，她直挺挺地倒在了大厅的石板地面上，与此同时，她的三个女伴也倒了下来。狗先生和狼先生们立刻从各自的座位上纵身跃起，争先恐后地前来救助。他们将母鸡们扶起来，让她们靠在自己的身上，并朝她们的头上泼冷水。她们醒来之后，立刻跑着扑倒在国王的脚下，此时尚特克莱尔已经在那里号啕大哭了。看到这位年轻的贵族，诺布尔的心里充满了怜悯之情；他长叹一口气，扬起鬃发浓密的脑袋，大吼一声；听见这吼声，哪怕是再勇敢的动物——不管是狗熊还是野猪——也都吓得浑身发抖。兔子库阿尔先生更是害怕得发了整整两天的高烧，要不是发生了各位即将听到的奇迹，说不定他现在仍然高烧未退呢。

此时，国王竖起高贵的尾巴，重重地拍打着自己的身体，发出的巨响足以撼动整座房子。接着他说：

“品特夫人，我以我父亲的灵魂——今天我还没有为它做任何事情——发誓，我对您的不幸深表同情，我要严惩罪犯。我这就传唤列那，您将耳闻目睹我是如何惩罚骗子、凶手和夜贼的。”

故事四十

为科佩特夫人的祈祷，她的墓志铭；布朗先生如何被委派去传唤列那；在科佩特墓前发生的奇迹。

诺布尔说完之后，伊桑格兰站了起来。“陛下，”他说，“您是一位伟大的国王。您向杀害科佩特夫人的凶手复仇，这为您赢得了人们的敬仰和赞誉。这里我并不想发泄自己的仇恨，但我们怎么能对这个无辜的受害者不闻不问呢？”

“是呀，”国王接着说道，“这灵柩和可怜的母鸡让我的灵魂痛楚不堪。大人，我非常同情你，痛恨这卑鄙的列那，他是夫妻关系和公众和平的敌人。不过，我们现在要做最为紧急的事情。布朗，请你披上圣带，为死者做临终祷告；然后请将她的遗体埋葬在花园和平地之间。”

布朗立刻照办了。他披上圣带；国王和所有朝臣开始做夜祭。蜗牛塔尔迪夫独自唱完了三段祭文，虔诚的罗尼奥斯领唱，布里什麦则负责圣咏。最后的祷文“愿上帝接受你的灵魂”由布朗先生朗诵。

夜祭完毕后是晨祭；接着棺木入土。死者的遗体事先被放在一口漂亮的铅制棺材里。墓穴位于一棵橡树脚下，上面覆盖着一块大理石板，石板上用爪子或凿子刻着以下铭文：

品特之姊、女圣科佩特夫人
因十恶不赦的列那而不幸殉道
长眠于此

葬礼上，品特哭成了泪人，她一边祈求上帝，一边诅咒列那。尚特克莱尔也绝望地伸直了腿，一副激动而悲恸的样子。

痛苦平息之后，贵族们回到国王身边。“陛下，”他们请求道，“我们要求惩罚这只贪婪的狐狸、祸国殃民的骗子、违背誓言的叛徒。”

“正合我意，”诺布尔国王说，“布朗，我委派你去传唤列那。你不必对这个背信弃义的家伙客气，就对他说，在决定传唤他之前，我已经等候了他三次。”

“遵命，陛下。”布朗回答。说着，他转身告辞，策马扬鞭地走了。

正当他翻山越岭地赶路时，朝廷上发生了一件对列那的案子并不那么有利的事情。我们知道，两天前兔子库阿尔发高烧病倒了。科佩特夫人下葬之后，这位病人执意要到她的墓前去参拜。他在那里昏昏睡去，醒来后病就好了。这个奇迹立刻传开了：伊桑格兰得知科佩特夫人是一位真正的殉道者，便想起自己经常受到耳朵嗡嗡作响的折磨。他的日常顾问罗尼奥斯将他带到墓前，让他跪拜祈祷；此后他的病竟然也立刻痊愈了。这全是伊桑格兰自己说的，不过，要是他不鲁莽地对如此毋庸置疑的事情将信将疑，而且罗尼奥斯也没有出面证明这件事的真实性的话，大家也许不会把伊桑格兰的病愈和他的信仰联系起来。

绝大多数人对这两个奇迹都津津乐道，只有格兰贝尔心急如焚。他要为列那辩护，于是预料到这样的传言会对原本并无偏见的民众造成多么恶劣的印象。不过现在我们还是回过头来说布朗先生，伴随他一起去莫贝杜伊吧。

故事四十一

布朗先生来到莫贝杜伊，他如何觉得列那给他品尝的蜂蜜并不甜。

狗熊布朗穿过崎岖的林间小路，来到莫贝杜伊。城堡的门很窄，所以他只得在第一道堑壕前停下。列那躲在房子深处，香甜地打着盹儿；他身边放着一只肥美的母鸡。其实，他一大清早就已经吃了一对大公鸡的翅膀。他听见布朗在外面叫他："列那，我是国王的钦差。请您出来接受陛下的圣旨。"

列那一下就听出了布朗的声音，便暗想如何让他上当受骗。"布朗先生，"他透过半掩着的天窗回答，"其实，陛下让您白白浪费了这么多精力。因为我本来就要出发到国王的朝廷上去了，只是在动身之前，我得好好吃一顿法式大餐。布朗先生，您也知道：如果上朝的是一个有钱有势的人，那么大家都会向他献殷勤，争先恐后地为他拿衣服，帮他沐浴更衣。人们会给他上用黄胡椒烹制的牛肉，用给国王吃的肉来招待他。可是，如果这个人既无权又无钱，情况就不同了：人们会把他说成是从魔鬼的粪便里爬出来的。他没有资格烤火，也不能坐到餐桌前用餐；他只能把饭菜放在自己的膝盖上吃，两旁的看门狗还经常会抢走他手中的食物。他仅仅可以喝一小口、最多是两小口酒；他只能碰一种肉，仆人们只会给他啃骨头。他被孤苦伶仃地遗忘在一个角落，有干硬的面包吃已经非常不错了；而那些由大厨和管家们端上来的美味大菜就放在一边，等着被送给那些自命不凡的大人们的情妇吃，但愿魔鬼把他们全都带走！所以，布朗先生，今天早晨出发之前，我检查了我所有的粮食和猪肉储备，并且吃了六罐新鲜的蜂蜜。”

听到“蜂蜜”这个词，布朗把列那的狡猾抛到了脑后，连忙打断他的话说：“看在上帝的分上，朋友！您是从哪里弄到这么多蜂蜜的？说实话，这可是世界上我最爱吃的东西。”

列那看见他如此轻易地上了当，感到很惊讶，便决定吊吊他的胃口；布朗却不知道自己被牵住了鼻子。“上帝！布朗，”列那继续说，“我以我儿子洛威尔的名义发誓，要是我觉得您是一个真正的朋友，那么您想吃多少蜂蜜，我就肯定会给您多少蜂蜜。其实您不用到远处去寻找，守林人朗弗洛瓦看守的树林边上就有。不过，如果我只是为了取悦于您而带您去，那我未免划不来。”

“喂，您在说什么呀，列那？您竟然这么不信任我。”

“当然。”

“您担心什么？”

“担心您背叛我、抛弃我。”

“您这样想，真是着魔了。”

“既然这样，我相信您，我跟您无冤无仇。”

“您说得对：我已效忠国王诺布尔，因此我将永远不会虚伪和作假。”

“现在我信任您，对您善良的本性放心。”

为了满足布朗先生的愿望，列那走出莫贝杜伊城堡，带着他来到树林边上。那里有一棵橡树的树干被守林人朗弗洛瓦劈开了，准备用来做桌子的面板；朗弗洛瓦在树干的开口处放了两个楔子，以防它重新合拢。

“布朗，我亲爱的朋友，”列那说，“这就是我答应带您来的地方。橡树的树干里藏着蜂蜜，您把头伸进去，尽管拿；然后我俩一起喝。”

布朗早已急不可耐，他把前肢搭在橡树上，列那则爬上他的肩头，示意他伸长脖子，同时把鼻子往前拱。布朗照办了。列那用一只手狠命拔楔子，终于将它们拔了出来。于是，树干被分开的两部分合拢了，而布朗的脑袋正好被夹在当中。

“啊！现在，”列那一边说，一边放声大笑，“布朗先生，张开您的嘴，特别是伸出您的舌头。味道真不错，是吗？（这时，布朗发出了阵阵尖叫。）您怎么在那里站了这么长时间！噢！我早料到了，您把全部蜂蜜都占为己有了，连一份都不留给我。您这样独吞，难道就不害臊吗？要是我现在正在生病，需要吃甜的东西，我敢保证您一点一滴的蜂蜜都不会给我的。”

这时，守林人朗弗洛瓦来了，列那拔腿就跑。农夫看见一头肥硕的狗熊被卡在他劈开的树干里，便立刻回到村庄：“来人！来人！去抓狗熊！我们把他逮住了。”

只见农夫们操着大棒、连枷、斧子和狼牙棒纷纷赶来。布朗是多么害怕呀！他听见身后有于特维兰、捆牛人龚杜安、担架工博杜安、尼古拉先生的儿子吉罗安·巴尔贝、放走苍蝇的无耻的偷驴人、街上的捕松鼠高手科尔巴让，还有弟热兰·布里斯米什、蒂杰尔·德·拉·布拉斯、龚贝尔·科浦-维兰、弗朗贝尔、赫尔林先生、奥特朗·勒·鲁、村长布里斯-傅希尔、汗贝尔·格罗斯贝、傅谢尔·加洛普，以及其他人。

农夫们的叫喊声越来越近，布朗焦急地思考着：与其把整个脑袋丢掉，还不如损失一只鼻子，朗弗洛瓦的斧子是肯定不会饶过他的。于是他用双脚反复摸索着，挺直了身体往外拔，感觉到自己脖子上的皮被渐渐拉长、最终断裂，光秃秃地露出血淋淋的耳朵和脸庞。就是在这样残酷的条件下，熊妈妈的儿子才得以保全自己的脑袋回家；他留下的那张皮简直足够用来做一只钱囊，而他的面目变得如此狰狞，从来不曾像现在这样担心被别人撞见。

他穿过树林逃跑。他为自己被农夫看见而感到羞耻，又害怕挨揍，所以鼓足了力量。农夫们仍然在追赶他。这时，他和教区的神父马丹·德·奥尔良擦肩而过，后者刚搅拌完厩肥回来。他举起手中的耙子，狠狠打在布朗的脊梁上。此外，西耶夫·德·兰斯的哥哥——这位精于制作梳子和灯笼的工匠，也用一根长长的牛角打到了他的腰，竟然把牛角都打断了。噢！要是布朗能遇见列那，那么后者就将倒霉了！不过，列那早就躲进了莫贝杜伊，所以当布朗经过他家窗口的时候，列那还是忍不住要欺骗他。

“尊敬的布朗先生，您打算抛下我一个人独吞那些蜂蜜，现在感想如何？您可看到背信弃义的下场了吧；您临终的那天就别指望有神父来为您做祷告了。可是，您属于哪个级别的贵族，怎么会戴这样的红帽子？”

布朗连眼睛都不朝他抬一下；他还能回答什么呢？他加快脚步逃走了，因为他以为朗弗洛瓦、神父、灯笼工匠还在身后追赶他呢。

最后，他终于来到了国王诺布尔开会的地方。他到得正是时候，因为他已经筋疲力尽，倒在众人的座位前。看见他耳朵和脑袋上没有皮的样子，每个人都恐惧地画着十字。“嗨！上帝呀，布朗兄弟，”国王说，“是谁让你变得这样？你为什么把帽子挂在脑门上？剩下的皮毛你都放在哪里了？”

“陛下，”可怜的布朗极其艰难地回答，“是列那让我变成这样的。”

他朝前走了几步，倒在国王的脚下，如同死了一般。

故事四十二

国王诺布尔如何委派花猫蒂贝尔去第二次传唤列那；蒂贝尔难以下咽的老鼠。

这时，大家看到国王诺布尔怒吼一声，可怕地竖起鬃毛，用强壮的尾巴拍打着自己的身体，并以性命向上帝发誓。“布朗，”他说，“卑鄙凶恶的红毛狐欺骗了你，现在他再也别想指望我的宽恕了；再严酷的刑罚对他来说也不为过。我会严厉惩罚他，这将成为全体法国人长久谈论的话题。花猫蒂贝尔，你在哪里？你立刻去把列那找来；告诉这只卑贱的红毛狐，他必须立刻上朝接受审判，他不用带装满金银的口袋来分发钱财，也不用事先想好花言巧语来宣读誓言，只要带一根上吊的绳子就可以了。”

要是蒂贝尔可以拒绝国王的命令的话，他肯定不会上路；可是他找不到借口。“只要是神父，就必须参加教区会议，不管他愿意还是不愿意。”于是蒂贝尔向大家告辞，穿过通往树林的山谷，树林里住着列那先生。

看到莫贝杜伊城堡后，蒂贝尔第一个想到的便是上帝，他虔诚地向他祈祷；接着，他又祈求狱神圣-列奥纳保护他不落入列那的圈套。不过有一件事令他焦虑不安：正当他要敲门的时候，圣-马丁之鸟——

乌鸦从一棵杉树飞到近处的一棵栲树上。“往右，往右！”他对乌鸦叫道；可乌鸦仍然继续往左飞。这个不祥的预兆，使蒂贝尔感觉有一场灾难在等待着自己，他再也没有欲望进列那的家门了。但是，有谁能帮他逃脱命运的安排呢？

蒂贝尔在外面叫道：“列那，老朋友列那先生，您在家吗？请回答我。”“当然在家，”列那轻声应道，“等着教训你呢。”然后，他扯开嗓门回答：“欢迎欢迎，蒂贝尔，欢迎您的到来，您就好像是在圣灵降临节那一天从罗马或圣-雅克朝圣归来一样。”

“老伙计，您别怨恨我，也不要根据我传达给您的信息来判断我个人的立场。我从国王那里来，他恨您并威胁您。朝廷上的每个人都在指责您，特别是布朗和伊桑格兰。国王身边只有一个人在为您辩护，就是您的表兄弟格兰贝尔。”

“蒂贝尔，”列那回答，“威胁杀不死人，让他们对我张牙舞爪吧，我不会因此而少活一天。我很乐意去朝廷，去看看是谁在指控我。”

“您真英明，尊敬的先生，作为朋友，我也建议您这样做。不过，我来时匆忙，现在感觉饿了，饿得脊梁都快断了；您能给我几只鸡吃吗？”

“啊！您的请求超出了我的能力范围，老伙计蒂贝尔，您大概是想考验我吧？我现在能为您找到的，也只有老鼠了，不过是很肥的老鼠。您想吃吗？”

“什么，老鼠？我当然很想吃。”

“噢，不！对您来说老鼠太小了！”

“我可以保证，列那，要是我能挑食的话，那这辈子我肯定不会吃老鼠以外的其他东西。”

“要是这样，我保证能让您抓到很多老鼠，吃都吃不完。我这就到您这儿来，您跟我走就行了。”

这天，饥饿让蒂贝尔没有了记性；他再也不怀疑列那在欺骗他，顺从地跟着他，来到附近一座村庄的房屋门前；很久以前，村庄里所有的鸡就已经成了艾莫莉娜厨房里的菜。“现在，”列那对蒂贝尔说，“我们从这两幢房子之间溜进去，就能到神父的家里；我认识他家的粮仓，里面装满了小麦和燕麦，老鼠天天在那里大吃大喝。我上次去侦察的时候，抓到了好多，当场就吃掉了一半，另一半被我储存起来了。您瞧，这就是通往粮仓的洞，钻进去尽情享受吧。”

其实这些话全是列那编出来的。神父既没有小麦，也没有燕麦，相反，村里所有人都在抱怨神父那恶毒的妻子，她将他变成了马丹·德·奥尔良神父。她使可怜的丈夫完全破了产，所有家畜只剩下了一只公鸡和两只母鸡；不过列那很小心，不去碰它们，因为已经获得僧侣头衔（以后还将获得绞索）的马丹在洞口设置了两个套索，专门用来对付列那。这位尊敬的上帝之子一直在研究如何抓捕花猫和狐狸！

“快去看看吧！”列那看见蒂贝尔有点犹豫便说，“快去呀！上帝，你怎么变得婆婆妈妈的；去吧，我在这里等你。”在这席话的激励下，蒂贝尔朝洞口猛冲过去，但他立刻意识到了自己的疯狂：他觉得自己的咽喉被卡住了，一根强有力的绳子套住了他。他越是挣扎，绳子套得越紧。正当他徒劳地使劲试图逃脱时，马丹的儿子跑来了。“快起床，起床！”他立刻叫起来，“快来，爸爸！妈妈！快来救我！点起灯，到洞口来；狐狸被抓住了。”

小马丹的母亲第一个起床，赶忙点起蜡烛，用另一只手操起擀面杖。神父连袍子都来不及穿，跟在妻子后面。可怜的蒂贝尔挨了上百下棍棒。神父、神父的妻子，还有他们的儿子都争先恐后地打他。最后蒂贝尔失去了耐心，他看见神父就在他身边，便狂怒地向他扑去，用爪子和牙齿将他脸上的皮肉撕咬下一块。神父凄厉地尖叫一声，他妻子想前来报仇，可花猫趁势扑向她，让她尝到了同样的滋味。听到母亲的尖叫，小马丹跑回父母身边；蒂贝尔经过一番努力，终于咬断了套索，遍体鳞伤、丧魂落魄地逃了出去，不过殴打他的凶手也得到了报复。他多么希望同样也报复一下列那啊！

可是，早在看到蒂贝尔落入陷阱、小马丹大声呼救的时候，列那就已踏上了回家的路。“啊！列那，”蒂贝尔说，“但愿上帝永远不会饶恕你！至于我刚才挨到的棒打，那是我活该。我怎么会再一次上这个令人恶心的红毛狐的当呢？还有你，凶恶的神父，至少你会记得我。我要祈求上帝，让你房子破败、面包殆尽，死后恶魔相伴！我的爪印将永远留在你丑恶的脸上；至于你可敬的儿子，我祝他钱包里永远没钱，被当作异教徒赶出修道院，最后作为盗贼被送上绞架。”

故事四十三

格兰贝尔如何第三次传唤列那，列那如何在忏悔之后获得赦免。

蒂贝尔就这样一边咒骂，一边回到国王朝廷所在的山谷。他一到达，便跪在诺布尔的脚下，向他汇报前去传唤的情况和失败的结果。“事实上，”国王说，“透过列那胆大妄为和逍遥法外的样子，可以看到某种超乎自然的东西。难道真的没有人能把这个卑鄙的侏儒给我带来吗？我猜想你可以，格兰贝尔。你不是一直在帮他，把这里发生的一切都告诉他吗？”

“陛下，我从来不曾对自己的忠诚有丝毫怀疑。”

“好吧！如果这样，请你去莫贝杜伊，如果带不回你的表兄弟列那，你就别回来。”

“陛下，”格兰贝尔说，“我的这位亲戚有一个坏习惯，要是我不带上您的亲笔信，他是肯定不会来的。但只要他看到您的印玺，我可以保证他立刻就会上路。”

“格兰贝尔说得对。”国王说着，立刻口授了一封信，野猪泊桑记录，布里什麦盖上国王的印玺。格兰贝尔双膝跪地，从国王手中接过封好的信，然后告别朝廷，动身上路。

他穿过一片耕地，踏上一条通往莫贝杜伊城堡的狭窄小径，通过一扇开着的小门，他来到城堡外面的栅栏边。列那听见脚步声，以为又有人来袭击他，于是循着声音传来的地方跑去。他一眼就认出了格兰贝尔，后者刚穿过吊桥，正要走上通往城堡暗门的隧道。

“是您吗，亲爱的格兰贝尔？”列那说着，张开双臂搂住他的脖子，“太好了，进屋吧。快给格兰贝尔两个枕头；我要给我的表兄弟最好的款待。”

格兰贝尔很聪明：他饱餐一顿之后，才亮出自己拜访的目的。餐桌的桌布刚刚撤去，他便说：“听我说，列那先生，您的玩笑把所有人都逼急了，国王委派我第三次来传唤您。您必须去贵族法庭接受审判。其实，我知道您将和布朗、蒂贝尔，还有伊桑格兰对质。我不想用无望的结果来讨好您：您将会被判处死刑。给您这封国王的信，您打开封印，自己看看情况有多么严重吧。”

列那略显紧张地拆开封信的蜡印。信是这样写的：

> 狮王诺布尔陛下——普天之下及所有动物的君主宣布：若列那明天仍不上朝回应对他的指控，他将荣誉扫地，接受死刑的惩罚。列那上朝时不必携带金银财宝，也不必准备长篇说教，只需带一根用以自缢的绳子即可。[①]

读完这封信，列那大惊失色，不知所措。“啊，格兰贝尔，”他说，“真该死！请您为我出出主意，别让我明天被吊死！我真应该趁早到克

① 若俘虏或死刑犯赤着双脚、脖子套着绞索、手执绞索一端出现，经常可以获得赦免。

莱尔沃[1]或克吕尼[2]出家当修士；不过僧侣们也不好相处，说不定我现在早就被那些穿白袍的家伙算计了。他们肯定是第一个出卖我的人。”

“别后悔不迭了，”聪明的格兰贝尔说，“别忘了明天您将面临被处死的威胁，没有人会和我一起为您辩护。所以您还是好好利用剩下的时间，做一次忏悔吧，虽然没有神父，但我可以聆听。”

“是呀！”列那说，“我承认应该听从您的建议；不管怎样，即使我不死，忏悔也不会给我造成损失，而如果我被判处死刑，它能帮我打开天堂的大门。好吧！表兄弟，您听着，我开始忏悔了：

“主啊，我曾经觊觎朋友的妻子。艾尔桑并没有说实话，她一直是我的密友，我从不需要抱怨她对我的残酷。不过，我之所以对伊桑格兰干了那么多坏事，是因为我无法讨得艾尔桑的欢心，至少上帝会原谅我！我低头认罪，承认犯了大错。我让伊桑格兰上了三次当：第一次，他在葡萄园里落入捕狼的陷阱；第二次，他的皮毛被预设的套索撕破；第三次，他在农夫家里吃了那么多熏肉，以至于起先能够穿越的墙洞，现在再也过不去了。我让他站在鱼塘上，直到尾巴被冰冻住；我让他在泉水里钓了一整夜的鱼，并让他在水中捞月，因为他把月亮的倒影误认为白色的奶酪；我还让他挨了鱼贩子的一顿揍。我用开水为他剃度，他成了僧侣和司铎，但是，当那些把羊交给他放的人发现他在吃羊时，就后悔不曾将他击毙，纷纷找他报仇。有一天，伊桑格兰在狗熊布朗以及很多公牛和野猪的帮助下围攻莫贝杜伊，我则雇用了野狗罗尼奥斯，他给我带来了六千多个朋友。他们经常因我而挨打和受伤；围攻结束后，他们问我要军饷，可我却欺骗了他们，没

① 克莱尔沃：法国小镇名，旧址位于现香槟-阿登地区的奥伯省，因建于1115年的克莱尔沃修道院而著名。

② 克吕尼：法国城市名，位于勃艮第地区的索恩-卢瓦尔省，因建于909年的克吕尼修道院而著名。

有遵守诺言，我认罪。我无法想起我施展过的所有诡计，但在国王的朝廷上，没有一只动物不会控告我。我还没有谈农夫的公鸡母鸡、年轻的品特的兄弟姐妹、布朗，以及我为他酿造的蜂蜜，还有蒂贝尔以及我为他准备的老鼠；我对所有这一切以及其他许多坏事都低头认罪，我请求赎罪，只要上帝允许我有时间这么做的话。"

"列那先生，"格兰贝尔说，"您忏悔得很好，现在您必须承诺，不再犯同样的错误。"

"啊！我承诺；今天可不能不说令上帝高兴的话、不做令上帝高兴的事。"

列那双膝跪地，格兰贝尔说了一通半拉丁语半罗曼语的话，赦免了他的所有罪过。

故事四十四

列那和格兰贝尔先生上路，他们如何来到国王的朝廷。

第二天拂晓，列那和悲恸欲绝的妻子孩子亲吻告别。“出身高贵的孩子们，”他说，“我不知道自己会怎样。想着把城堡维护好，只要你们守着它，就不用害怕国王、贵族、君主或者领主。即使他们在城堡外待上半年，也不会比第一天到来时多前进一步。你们有好几年的粮食储备。我会在上帝面前说你们的好话，并请求他不久就放我回来。”

列那来到外面，又做了如下祈祷：“仁慈的上帝，我将我的智慧和头脑交付给您。当我来到诺布尔面前，当伊桑格兰指控我时，请让我拥有它们。请帮助我挫败他们的指控，或通过否认，或通过辩解，或通过斗争。最重要的是，请给我足够的时间，让我的心灵摆脱重负，这重负来自对我所有敌人的复仇之火。”说完，他躬身行礼，连说三声“认罪”，并在胸口画了一个十字，保佑自己不受魔鬼和狮王之害。

两位贵族就这样上路去朝廷了。他们穿过一条小河，走过一条隘道，翻过一座高山，来到平原。列那内心非常痛苦，以至于迷了路，他们不知不觉来到一座修女的粮仓前。粮仓里堆满了各种食物。“我们最好沿着树篱走，”列那说，“到满是母鸡的院子里去。那里可以找到我们应该走的路。”

“啊！列那，”格兰贝尔说，“上帝知道您为什么说这话。您真是比异教徒还不如。您不是就过去的坏事做了忏悔了吗？”

“我忘记了，”列那回答，“那我们快走开吧，既然您这样想。”

“哎呀！不管您后退还是前进，您到死都不会变好；您永远是一个立伪誓、说谎话的家伙！谁能想象您的盲目呀！您冒着被处死的危险，这您自己也知道；您有幸做了最后一次忏悔，可现在却又企图重新开始邪恶的生活！您母亲将您生到这个世上，真是该死！”

“好吧，我的好兄弟，您有道理，我们别吵了，继续赶路吧。”

因为列那忌惮表兄弟，所以克制住了自己；可是，他一边走，一边时不时地回头看看修女的粮仓：要是他能做主，早就顾不上忏悔的约束，扑向鸡舍了。

他违心地走着。离目的地越近，他就越焦虑。他们终于翻过了最后一座山，朝廷所在的山谷就在眼前。当他们来到朝廷，请求通报的时候，庭审已经开始了。

故事四十五

列那先生、国王诺布尔、格兰贝尔如何滔滔不绝地发言却无法说服任何人，诺布尔陛下如何宣读指控列那的诉状。

列那和格兰贝尔的到来在贵族会议上引起了一阵骚乱。所有动物都急切地表示对指控的支持。王室总管伊桑格兰甚至已经磨快了牙齿，只等国王一声令下；蒂贝尔和布朗心急如焚地准备报仇，前者为了失去的尾巴，后者则为了头上戴着的那顶红帽子；尚特克莱尔挺直了身子，他身边是野狗罗尼奥斯，后者也急不可耐地狂吠不已。在这一片憎恨和愤怒之中，列那恢复了镇定，显出一副平静的样子。他神色安详地走到大厅中央，用高傲而蔑视的目光慢慢扫视了前后左右一圈，然后请求说话。他这样说道：

“国王陛下，作为您的一名臣子，我的效忠比其他所有贵族加起来的都要多，我向您致敬。有人在您面前诋毁我；不幸的是我从来不曾有一天沐浴过您的恩宠。我听说由于您身边的佞臣，您打算判处我死刑。当一位国王满足于无耻之徒的一面之词、拒绝听信最为可靠的贵族的忠言时，他做出这样的决定又有什么可惊讶的呢？如果所有人都低下头来赞颂自己的脚趾，那么国家就处在厄运之中了；因为对于出身低贱的人而言，无论他们爬得再高、赚钱再多，都无济于事，他们仍然有着奴婢的本性，他们的地位和财富只能被用来更多地损害天生高贵的人们。一条饿狗是不会满足于拍邻居马屁的。农奴制难道不是穷人的枷锁吗？他们要求兑换货币，以装满自己的钱包；他们啃蚀别人，独自享受他们所造成的所有不公。不过，我倒很想知道布朗和蒂贝尔对我做了什么样的指控。不管他们是对还是错，只要在国王的支持下，他们一定会对我造成很大的伤害。可是，不管怎样，如果说布朗在偷吃蜂蜜时被农夫朗弗洛瓦擒获，那么有谁阻止他自卫了？难道他的手不够宽、脚不够大、牙齿不够锋利、腰背不够敏捷吗？如果说高贵的蒂贝尔在吃老鼠的时候被逮住砍断了尾巴，这又跟我有什么相干？我又不是村长或神父，难道要我去向他道歉吗？他们怎么能要求我做我做不到的事情呢？至于伊桑格兰，说实话我不知道该说什么。如果他声称我爱他的妻子，那他没有错；但如果这使他妒火中烧，那我就无能为力了。他指控我翻他家的墙头、撞开他家的门、拧断他家的锁、毁坏他家的桥了吗？我可没有这么做。既然如此，那么指控从何说起？我的朋友、高贵的艾尔桑夫人都不曾指责我，那伊桑格兰有什么可抱怨的呢？他心情不好，怎么能让我去蒙受损害呢？不，上帝会保护我。您的王权虽然高贵，但我可以确信地这样说；很久以来，不管发生什么事，我一直对您忠诚忘我。上帝可以为我做证，他从不撒谎；虔诚的骑士之神圣-乔治也是我的证人。现在我年老体弱、嗓音嘶哑，甚至连集中思想都有困难；在这样的情况下把我传唤上庭，滥用我的虚弱，未免不太厚道。不过既然国王下令，我当然服从，所以我来到他的宝座前。他可以援引法律，判处我火刑或绞刑；不过，对于一个老人而言，这样的报复并不宽宏；如果将我这样的动物吊死而不容我辩护，我想这会成为人们长时间的话柄的。”

列那刚说完，国王诺布尔便说话了：“列那啊列那，你很会说话和狡辩；但你的诡计再也行不通了。你父母把你生到这个世界上，他们的灵魂应该受到诅咒！当你拥有了《圣经》提及的愚蠢的动物世界里所有的诡计时，你就难免要为自己的恶行接受惩罚。所以撕开你安全的外表吧，那只是狐狸的花招。你将得到审判，因为这是你自找的；聚集在这里的贵族们将决定如何惩罚像你这样的叛徒、凶手和盗贼。你看，这里有谁会认为刚才这些头衔对你不合适呢？有的话请开口，我们洗耳恭听。”

格兰贝尔站起来。“陛下，”他说，“您看见了，我们服从了您的传唤，到庭向您的公正表示敬意；难道这意味着我们应该受到屈辱的对待，甚至连事因都不容我们分说吗？现在列那先生应大家的要求来到这里，并准备回答大家的问题。即使有人控告他，陛下，您至少也应该给他辩护的自由，允许他采取一切手段，在公共场合下反驳别人对他的公开指控。”

格兰贝尔的话音未落，在座的所有人便呼啦一下全部站了起来：狼伊桑格兰、野狗罗尼奥斯、花猫蒂贝尔、乌鸦铁斯兰、公鸡尚特克莱尔、母鸡品特、麻雀德鲁安、兔子库阿尔，还有狗熊布朗、蟋蟀弗洛贝尔、小嘴乌鸦高乃伊、山雀梅桑热。国王命令大家都坐下，接着他亲自一一列举了人们对列那的指控，并将它们提交全体会议审理。

编著者的话：省略各项指控。[这里，原作者完整地描述了今天所谓的“诉状”：他将在本书第一部中出现过的故事，一五一十地重新讲了一遍，正是这些故事构成了诉讼列那的基础。我们没有必要像他那样重复，只是说一下诺布尔提到的几件事情，它们都未曾被我们讲述过。鉴于它们也是指控的罪状之一，我们不得不让大家知道，否则列那的故事就将是不完整的。在我们即将讲述的一个故事中，野狗莫胡负责为老好人德鲁依诺报仇；莫胡可能是野狗罗尼奥斯的兄弟，后者在誓言的故事（可能就是列那在前面的忏悔中提到的未付军饷的事情）中曾经充当过最为大胆的陷阱的诱饵。另外，古代有一位列那故事的讲述者，把好几件人们公认的伊桑格兰受害事件，同样归罪于野狗罗尼奥斯。这种孤立的说法可能并非完全捏造，虽然野狗从来就不曾和列那同在一个阵营。所以，看到他对伊桑格兰和德鲁依诺的报仇计划大加赞赏的时候，我们并不用惊讶。——等我们讲完了这些新的故事，再接着说审判的下文。]

故事四十六

一位虔诚的骑士如何好几次看见列那，却因无法抓到他而懊悔不已。

过去有一位虔诚而可嘉的骑士，他在世界上最美丽的地方造起一座城堡。城堡建在一块尖尖的巨石上；城墙下流淌着一条河，河水又急又深，河面宽阔，河上架着一座吊桥。小河从山岗下流过，为骑士的住所提供了所有需要购买的物品；接着，它流向远方，流入大海。从城堡望出去，一块狭长的草地郁郁葱葱，对面的山坡上延伸着一望无际的葡萄园，那里出产法国最好的葡萄酒。城堡周围的树林构成了一片巨大的猎场，里面住着不计其数的猎物和水禽。

一天，骑士跨上他的骏马，说要去树林打野味。他的侍从和士兵立刻为他套好猎犬，猎犬队长骑着一匹灰色的高头大马，在前面开路。不一会儿，他们就发现了一只狐狸，猎犬队长大声吆喝猎犬们："往这儿！往那儿！"猎犬随着命令奔跑，猎手们跟在后面。可是列那跑得更快，他跑出树林，跳上吊桥，逃进了城堡的大门。骑士看见他逃进城堡，便说："他已经自投罗网，跑不了了。"说着他策马飞奔，第一个来到城堡前，管家牵住马笼头，帮他翻身下马，不久，所有人都回到了城堡，在院子里下马，跟着骑士。

他们到处寻找狐狸，搜遍了马厩、卧室和厨房，把城堡翻了个个儿，却一无所获。他们回到大厅，检查桌子底下；在楼上的房间，在地下储藏室，找遍了所有角落，连凳子下面和过去制作蜂蜜的破旧蜂箱都看过了，还是不见狐狸的踪影。“上帝！”他们说，“他去哪儿了？怎么一个人都没看见他？难道他掘地三尺了吗？”

“我只看见，”骑士说，“他从城堡大门进来，在吊桥被扯起之前肯定没有出去。不过，既然找不到他，就不找了，等我不再想他的时候，他自己会现身的。”

“至于我们，”其他人回答，“我们将一直找到天黑，要是他逃走了，那就是我们的耻辱。”

“随你们的便，”骑士说，“我就不跟你们一起找了。”

说着他走了，其他人继续寻找，发誓将一直找到天黑。他们正在翻箱倒柜的时候，熄灯的钟声响了，告诉他们必须停止了。大家回到骑士那里：“啊，先生！列那比我们更狡猾、更细心。”

“怎么！你们还没有找到他？真是见了鬼了。这是上帝给我们的预兆和警告。不管怎样，想要战胜列那的诡计可不容易：我的母鸡和养鸡人都知道这一点。不过，我想我们一定能找到他，只有上帝或魔鬼才能把他从我们的手中夺走。下次再捕捉他吧，要是不能把他打死，那我就去死。我向我为之献身的法兰西圣人德尼发誓；我要把列那的毛皮缝在我的毛皮大衣上，让它今年冬天更加暖和。好了，点起蜡烛，坐下来吃饭吧。为了这只狐狸，我们已经拖了很长时间了。拿水来，让我们洗洗！”

他们坐下来吃饭。首先坐下的是骑士，在他身边坐着的是他漂亮、优雅而爱笑的妻子，她有一个优美的名字叫芙萝莉；猎手们在其他位子上落座。一道道佳肴上来了：有鹿肉和野猪肉，还有产自安茹、普瓦图、拉罗谢尔[①]的上等葡萄酒。大家边吃边开玩笑，特别是开把他们如此捉弄一番的列那的玩笑。

其实列那就在附近：他循着肉香走来，溜到餐桌底下，听见了人们谈论他的话。在几步之遥的餐具架上，挂着两只肥美的山鹑；列那等了一会儿，猛扑过去，夺走了最肥的那只。

人们认出了他，惊叫道："啊！是他！我们找到他了！这次他可别想逃走了。"大家立刻站起来，可是他们跑呀，找呀，关门呀，这都没用，列那早就逃走了；他撒开腿跑到院子里，那里有一个他熟悉的墙洞，下大雨时雨水就顺着这个墙洞流出去。当人们举着火把、蜡烛，在大厅、阁楼、地窖、厨房和马厩里到处搜寻时，列那却安详地躲在远处的一幢房子里，一边大口撕咬着山鹑，一边舒服地捻着胡须。

"啊！可恶的列那，"这时候骑士说道，"你肯定是在魔鬼学校学到的这一切；如果不能让你如我说的那样付出代价，我就永远不坐下来吃饭。把餐桌撤掉，我再也没有兴致回来吃饭了。"

餐桌撤掉之后，芙萝莉夫人亲吻了一下她的丈夫，"相信我，"她说，"去休息吧，时间不早了，马上就要到午夜了，您一整天都在树林和城堡里追捕狐狸，一定累了。"

"狐狸？我才不把他放在心上呢。既然您这样想，那我们去睡觉吧。"

他们走进卧室，床已经铺好。卧室里所有的东西都是金黄色的；画家用优美的线条画出世界上所有的鸟儿，同样也没有忘记《神圣列那》。这幅画的所有细节真是太美妙了。骑士在仆人的帮助下脱去鞋子，躺到床上，他妻子也很快来到他身边，她在桌子上点起了两支蜡烛，以驱散夜晚的黑暗。

---

① 地名，均为法国著名的葡萄酒产区。

城堡里的所有人都睡到了第二天，天亮后，士兵和侍从们都起床了。猎犬队长首先来到骑士的卧室，后者已经起床，穿好鞋子，准备去大厅接受人们的致敬。他一出现，众人立刻起立。“大人，”他们对他说，“祝您一天快乐！”

“快！立即备马，我要去抓狐狸。”

侍从接到骑士的命令之后，立刻跑着去备马了；他将马牵到阶梯前，猎犬队长则在安排猎犬。所有人都翻身上马，走出城门，穿过吊桥；他们还没出院子，就看见列那平静地躺在一棵苹果树下。大家放开了猎犬，对着狐狸吹起号角；后者因为被吵醒而恼怒万分，连忙以最快的速度逃进树林。猎犬们跟着他在树林里绕来绕去；列那折返回来，跑出树林，再次穿过吊桥和城门。猎犬们失去了线索，停了下来，打猎就这样结束了。

“说实话，看在上帝的分上，”骑士说，“我们让列那这样逃脱，他肯定要嘲笑我们了。再回城堡找他吧。”

大家回到城堡，搬开所有的木箱，打开所有的柜子，检查所有的桌底、床单、卧床；桑利斯城[①]还从来没有如此喧闹和骚乱过呢，哪怕是集市之日吊死盗贼，也没有这么热闹。可这一切仍然是徒劳。“必须下定决心，”骑士说，“看在圣人雅克的分上，我今天不打算像昨天那样吃饭。好了，铺上桌布，坐下来用餐！”

① 地名，位于巴黎北部约四十公里。

故事四十七

骑士被告知将有客来访，围猎鹿和野猪。

于是骑士和大家坐下来吃早饭。他们刚开始用餐，便透过窗户看见城堡里来了两个侍从，他们全副武装，每人扛着一大块鹿肉或野猪肉。两人在台阶前下马，上楼来到大厅，向骑士致敬："大人，愿上帝祝福您和您的家人！"

"上帝保佑你们！"骑士礼貌地回答，"欢迎你们的到来！先去洗一把脸，然后和我们一起用餐吧。"

"在此之前，大人，我们要告诉您我们的来意。您尊贵的父亲以及您的两位兄弟向您问好，他们三人明天将来您这里。"

"那我要再次向你们表示欢迎。"骑士说着，从椅子上站起来亲吻他们。这时，大厅里来了两个年轻英俊的仆人，一个捧着一条毛巾，另一个托着一只盛满清水的纯银盘子，呈献给两位侍从。侍从洗完脸后，低声对仆人说："兄弟，请把我们留在台阶下面的食物收起来，别忘了照顾一下我们的马。"两个仆人走开了，一个把鹿肉和野猪肉收到食品柜里，另一个把侍从的马牵到马厩，给它们吃干草和燕麦，还为它们铺上了一层厚厚的草垫，然后他回到大厅；两位侍从已经在芙萝莉夫人身边坐下了。

吃完饭，叠好桌布，收起餐桌，大家准备再到树林里去打一些野味，用以招待明天来访的客人。人们牵来了马，套好了猎犬，一起进了树林。

没过多久，他们就发现一头长着四只角的鹿，可是那头鹿却并不想束手就擒。猎犬被放开了，朝猎物猛扑过去。眼看那头鹿就要让猎犬们空手而归，这时远处射出一支箭，正中鹿的肋部；鹿鲜血淋漓地倒在地上，再也没有了力气。猎犬们一拥而上，疯狂撕咬，鹿只能听凭猎犬队长的摆布。人们重新将猎犬套好，将这头漂亮的猎物交给两个侍从，侍从让它重新站立起来，将它带回了城堡。

这仅仅是狩猎的开始。骑士用一根顶端弯曲的长棍拍打着灌木和荆棘；猎犬队长吹响了号角，号声一直传到树林边缘。一头巨大的野猪被号声吵醒，蹿出树丛，飞奔而去。一条身强力壮的猎犬冲上前去，在离其他猎犬一箭之遥的地方赶上了它。猎犬试图咬住野猪的耳朵，以便制服它。恼怒的野猪张开牙齿，撕破了猎犬的肚子，将它拖到一棵橡树脚下，猛地甩了过去，摔得猎犬脑子都出来了。其他猎犬狂怒万分，将野猪团团围住；野猪突出重围，茂密的灌木、纠缠的细杈、交错的树枝，使它在很长一段时间里逃脱了猎犬的报复。最后，它被逼得走投无路，只好逃出树林，朝小河跑去。它跑到悬崖边，面朝下掉进水里；它原以为就此安全了，没料到一条猎犬跟着跳了下去，一口咬住它的脖子，与此同时，其他的猎犬也赶来支援同伴。但是，它们还是来晚了一步：野猪将猎犬翻转过来，压在身底，将它淹死在水中。两个死去的同伴并没有让其他猎犬止步，它们游到野猪身边，向它的臀部和侧翼发起猛烈进攻，一直等到猎手们到来。于是，野猪竭尽全力，游到对岸，穿过田野企图逃走。猎犬和猎手们赶上并超过了它，迫使野猪停下脚步。一条样子更加凶悍的猎犬被野猪可怕的牙齿咬住，甩上天空，掉到地上时已经断了气；野猪虽然身受重伤，但仍然逼得猎犬们不敢近身。可是，它已无路可逃，只得回到水里；众猎犬再次追上它，但还是与它保持着一段距离。在这群愤怒的猎犬的围攻下，野猪重新逃进树林。第四条猎犬壮起胆子，咬住野猪的喉咙，但同样被后者咬住，甩到一棵榉树上，摔碎了脑袋和肚子。这时，骑士率先赶到，他坚定地站在马镫上，手持长矛，等着野猪到来。受伤的野猪因狂怒而忘乎所以，奋不顾身地扑向骑士。长矛的木柄断了，但矛头刺进了野猪的身体，犹如一把剃刀，从肩膀下方一直穿到肠子。野猪立刻摇晃了几下，不再抵抗，一命呜呼。骑士翻身下马，其他猎手围拢过来，向胜利之神表示感谢。

现在轮到猎犬队长干活了。他拿起一把银柄长刀，将野猪开膛破肚，清洗干净，把肠子、肺等内脏扔给猎犬吃，每一条猎犬都有份，因为它们全都非常尽心尽责。猎犬吃完后，骑士和众人翻身上马。大家把野猪捆在一根结实的木棒上，簇拥着它回到了城堡。他们一进城堡，吊桥便被扯起，大门便关上了。

骑士来到大厅休息。这时，猎犬队长将野猪摊在窗前；有人堆起一大堆干草，将野猪放在上面，再把干草点燃，等到野猪黑色的皮肤被烤成人们所希望的那种金红色时，大家便将它送到芙萝莉夫人的面前。您别问人们看到巨大的猪头和长长的獠牙时，是否发出惊叹。总之，餐桌被支了起来，侍从给夫人、骑士以及所有其他人呈上了盛满水的盘子，大家入座吃饭。

故事四十八

骑士的父亲和兄弟到来；一个丑陋的侏儒陪同他们，人们如何发现列那。

饭后，人们撤去餐桌，离开大厅，顺着楼梯来到城堡的主塔欣赏美景。骑士手执长矛，靠在雉堞上；其他人则坐着，尽情观赏葡萄园、草地、麦田、小河，以及一望无际的大海。突然，他们的注意力被另一幅景象吸引住了：几个骑马的仆人带领许多猎犬，正朝城堡跑来；一个仆人轻轻地吹着挂在脖子上的号角；他身后是两辆沉重的大车，大车前面有一个侏儒，两边是两个侍从，后面则跟随着十四个武士，全都骑在披满甲胄的骏马上。

骑士问早晨到达的那两个侍从："兄弟，那是不是我父亲大人的车马随从？"

"是的，大人，您不用怀疑。"他们答道。

说话间，吊桥被放了下来，城堡的大门打开了；大家忙着为大车卸货，因为天就要黑了。骑士回到大厅，坐在一把扶手椅上，身后是一顶富丽的华盖。看到武士们走来，他便站起身；武士躬身行礼。"大人，"他们说，"上帝赐您晚安！"骑士礼貌地回礼，然后带领新来的客人入座用餐。

晚饭结束后，骑士站起来，做了一个离开的手势。客人们被带到各自的房间休息。第二天，雉堞上的哨兵吹响了拂晓的号角，号声将客人们唤醒。骑士也起床了，他穿上鞋子和衣服，同芙萝莉夫人一起去修道院听圣母弥撒。弥撒一结束，他便吩咐备马，去迎接他的父亲。出发之前，他命令所有人做好准备，热烈欢迎即将到来的贵宾。

他们在车道上还没有走出半里地，便听到了马车欢快的声音。先是四个步行的仆人，各自手中牵着一条猎犬。骑士径直走到他尊贵的父亲身旁，温柔地和他拥抱。他热烈欢迎了父亲和两个兄弟，然后踏上回城堡的路。一路上，他们相互询问感兴趣的问题。当走近一条壕沟时，他们看见一只狐狸朝附近的树林跑去，无疑他是被猎犬的到来惊吓了。

“啊！没错，”骑士笑着说，“就是那只让我不得安宁的狐狸，我认出他来了。”

“不得安宁？”其他人问，“怎么回事？”

“我来告诉你们：我追捕了他两次，每次当他被猎犬逼急的时候，就逃到城堡里去。我们看着他进城堡，便升起吊桥，关上大门，四处寻找；但这都是徒劳，我们找不到他。根本不知道他是从哪里逃走的。”

“孩子，”父亲说，“要战胜狐狸，必须非常细心。不过，你要是放开你的猎犬，就能追上他，令他没有办法逃脱。”

说着，仆人们立刻放出了猎犬；但是，列那马上听到了它们的叫声，便重新朝城堡逃去。所有人都惊叫起来。可无论猎犬队长和猎犬们如何尖叫都无济于事，列那来到吊桥边，穿过了大门。仆人和侍从们跑来，翻箱倒柜地拼命搜寻，但都是白费劲。大家只能决定一笑了之，骑士第一个笑，而且笑得比所有人都厉害。“看见了吧，各位大人，很久以来，狐狸就是这样捉弄我们的。别再去想他了，好好休息吧。”

父亲和三个儿子手挽着手走上台阶，来到大厅。他们一眼便看见陪同他们前来的侏儒。说实话，与其说他是侏儒，还不如说是一个魔鬼：他鸡胸驼背，双脚扭曲，胯骨坍塌，手臂如同两根短松枝，哪怕是四分之一尺的布料就足以将它们遮住；嘴巴歪扭，嘴唇外翻，简直可以放上一只小牛蹄；蛋黄色的牙齿，半英寸长的鼻子，一双狗眼，一头墨汁般乌黑的头发，还有一对山羊耳朵。他正忙着用茴香枝编一顶帽子，看见他们进来，便停下手中的活儿，斜着眼睛看着他们。“侏儒，上帝保佑你！”骑士说。侏儒没有回答，只是摇晃着脑袋，发出一阵咕噜声。

与这个可憎的造物形成鲜明对比的是，芙萝莉夫人给了客人们最为优雅的接待。大家笑着，相互说着殷勤动听的话语，直到晚饭时分。接着，人们铺好了桌布，端上了面包和食盐。每个人都洗了手，然后入席就座。这里我不过多地描写美酒佳肴：有胡椒野猪肉、鲜美的鹿肉、可口的鸡肉糊，还有奥尔良[①]和欧塞尔[②]的上等葡萄酒。正当大家尽情吃喝的时候，猎犬们竖起了脑袋，露出焦急的眼神，口中喘着粗气，仿佛感觉到有什么活物。

于是骑士问他的猎犬队长：“朋友，请你告诉我，我们有几张狐狸皮？”

“有九张。”

“九张？见鬼！我怎么看到有十张？而且我不明白为什么这些猎犬对着狐狸皮尖叫。”

猎犬队长走近狐狸皮，发现其中的一张似乎在呼吸；他的确在呼吸，因为他就是活生生的列那：挂钩上挂着许多他同类的毛皮，他把

---

① 城市名，位于法国中部的卢瓦河谷。

② 城市名，位于巴黎东南的勃艮第地区。

自己也挂在最不起眼的那根挂钩上面，用牙齿和前肢紧紧地攀着它。猎犬队长发现了他：“啊！我的圣人列奥纳呀！狐狸真的躲在这些毛皮当中，怪不得猎犬们要急声尖叫呢。稍等片刻，我去把他抓来。”

他向挂钩伸出手去，试图抓住列那；可是列那掉转头来，用后肢代替前肢攀住挂钩；等猎犬队长第二次企图抓他时，他一口咬住前者的手，几乎将他的指甲从手指上咬下来。可怜的猎犬队长发出一声尖叫，列那趁机跳向门口，逃出城堡。他料到人们会去树林抓他，便踏上通往草地的小路；小河挡住了他的去路，迫使他不得不停了下来，可是他已经不怕骑士仆人们的追赶了，因为他们以为他去了树林，将到那里去寻找他，而不会想到去平原。

故事四十九

白鹭品萨尔如何在河边钓鱼，列那如何钓到钓鱼者。

列那这几天过得非常满意，不过他为自己看着别人吃大餐却没能分得一份而遗憾。他感到有点饿了。这时，他从隐蔽着的灌木下面，看到白鹭品萨尔站在河边，正用长嘴钓鱼。品萨尔倒是一个理想的猎物，可是有什么办法接近他呢？"也许他自己会走过来，可那要等到什么时候？说不定我早就饿死了；再说，难保不会有哪个农夫，或者哪条猎狗——那样的话更糟——来打搅我。不过，品萨尔真的是一顿美味的佳肴。行了！还是有劳自己的大驾吧——这是永恒的法则，不劳动者不得食嘛。"

于是列那爬着来到河边。河岸上长着浓密的水草，他扯了几把下来，将它们拢在一起，揉成筏子的形状，放到品萨尔上游的水里，任它漂流而下。看见这筏子，正在钓鱼的鸟儿抬起头，往后跳了一步；他发现这只是一簇水草，便放下心，继续悠然地钓起鱼来。列那先生又试了一次：他扯下一簇更为浓密的水草，扔进水里。白鹭更加小心地看着，走近这漂浮物，用长嘴和脚在水草里翻寻了一会儿，最后确定里面没有任何值得他担心的东西，便继续开始钓鱼；他决定再也不会为了同样漂来的东西而放下手中的活儿了。白鹭的松懈导致了他的灭顶之灾，因为列那将利用这一点给他致命一击。他做了第三只筏子，在筏子里铺了一层垫子，自己可以轻易地躲在里面，因为水草的颜色和他毛皮的颜色一模一样。不过，在进去之前，他还是犹豫了一下：筏子也许还不够坚固；但最后他下定决心，开始和弱不禁风的筏子一起随波逐流，并来到了长嘴渔夫的身边。品萨尔连瞧都不瞧一眼。“让别人去担心吧，”他说，“我才不会为几根水草害怕呢。”不一会儿，列那趁白鹭的长嘴和脑袋浸没在水里的时候，张牙舞爪地向他扑去，一口咬住他的脖子，扯起他的脑袋，跳到岸上，将他拖到最近的灌木丛中。品萨尔拼命尖叫，但列那可不是那种能被哀鸣打动的人。列那把猎物放在脚下，给了他最后一击。可以说，白鹭刚被掐死，就成了列那的腹中餐。

故事五十

列那在草垛上过夜，他如何将草垛让给想抓住他的农夫。

那是收割草料的季节。夜色渐渐浓重。列那对刚才的美餐心满意足，决定在一个草垛上睡觉，等待明天太阳升起；因为他知道吃完饭马上赶路是很危险的，至少医生们这样说。所以列那在一个草垛里睡着了。

拂晓时分，他做了一个噩梦。他梦见自己在家里，在亲爱的艾莫莉娜身边。莫贝杜伊城堡着火了，火焰从四面八方冒出来，可他却被一种不可战胜的力量拖住，无法逃脱一死。正当他竭尽全力试图把艾莫莉娜拉出火海时，却浑身冷汗地惊醒了。“圣灵啊！”他还没睁开眼睛，就在胸前画着十字，不住地说，“请保佑我的身体远离灾难的袭扰！”说完，他放眼四周，惊恐地发现半夜里河水大涨，淹没了草地，而他睡觉的草垛也漂浮在水中，已经被冲到离原来很远的地方了。“啊！怎么办，”他惊叫道，“我将会变成什么！我为什么不趁着路好走的时候赶回莫贝杜伊呢！现在大水一望无际，要是我跳下去，必然淹死无疑，要是留在这儿，农夫们迟早会来，我该怎么保护我的皮毛不被他们剥走呢？”

他正忧愁地想着，一个农夫撑着一条小船驶近了草垛。他一眼就认出了列那："我真走运，感谢圣人朱利安！这狐狸太漂亮了，多好的脊背，多好的领圈呀！让我试着抓住他，这肯定值得，我把脊背上的毛皮卖掉，脖子上的毛皮自己留着做大衣领子；剥下毛皮之后，我就把狐狸的这堆烂肉扔进水里，让河水把它带走。"

谚语说："想起来容易做起来难。"事情的结果并不如农夫想象的那样。他来到草垛边，先是伸出手臂抓列那，列那躲开了。农夫又举起船桨打列那，可列那转过身去，船桨落空了。农夫转来转去，就是抓不到列那。于是他脱下沉重的皮鞋，决定离开小船，亲自到草垛上来。可是，他刚踏上草垛，列那就跳进了小船，操起被农夫抛下的船桨，划船远去了。农夫惊呆了，一脸绝望——这就是想抓狐狸的人的下场。

这时候，列那划着小船向岸边驶去，接着他愉快地停下船来，对着那位曾经想用他的毛皮做大衣领子的家伙喊道："上帝诅咒你，农夫！啊！要是你抓住我的话，这小船会是我多么漂亮的监牢呀！不过俗话说得好：'最恶不过农夫！'要是农夫错过作恶的机会，他就会恼羞成怒，因为他的快乐就是伤害善良的教士、贵族和骑士。贪婪、欺诈、易怒，这些都是农夫的本性。有谁听说过做好事的农夫？好吧，农夫，你就别妄想我的毛皮了，但愿上帝不会救你的命，让你不得善终！"说完，列那将船划到岸边，轻盈地跳了上去，不紧不慢地回莫贝杜伊城堡去了。

故事五十一

列那如何遇见麻雀德鲁依诺，好事如何有时候会以悲剧收场。

几天后，列那比往常任何时候都愉快而精神地走出他的城堡，不一会儿就来到一棵结满漂亮果实的樱桃树下。树上，一只麻雀在枝头跳来跳去。“祝你胃口好，我的朋友德鲁安[①]！”列那说，“看来你在这些漂亮的果实中间很开心呀。”

“它们好吃极了，”麻雀回答说，“不过我已经吃饱了，要是您不介意，剩下的这些就给您吃吧，列那先生。”

“我得够得着它们，可我不知道怎样才能做到这一点。所以，请你扔几颗樱桃到树下来吧，至少得让我尝尝滋味。”

“什么，列那先生也吃樱桃？”德鲁依诺说，“真不敢相信。我这就给您摘，您要多少就摘多少。”

“谢谢了，兄弟，”列那回答，“不过我也得吃得下。”

德鲁依诺给他扔了一串三个樱桃，列那津津有味地吃了下去。“再来一些，亲爱的德鲁依诺！它们真的好吃极了。”

---

① 德鲁安是德鲁依诺的爱称。

于是麻雀为他摘了满满一捧。“您还要吗，列那先生？”

“不了，感谢上帝，我吃饱了。”

“不过，列那先生，”德鲁依诺又说，“要是您感谢我为您摘樱桃的话，肯定会听我说几句话，对吗？”

“当然，我的朋友。”

“您到过很多地方，见多识广，了解很多秘方；我不知道您是否愿意和我们这样的小人物分享您的博学。说实话，我现在真的非常需要您的帮助。”

列那回答：“我的小德鲁依诺，既然你对我这么殷勤，我怎么还能拒绝你呢？除了对我不利的请求，这你也明白。好吧，什么事？”

“请听我说，列那先生：我有九个孩子，都不同程度地得了痛风，为此我真的难受死了。”

“别泄气，”列那说，“我要治好他们易如反掌，我是说根治。你知道，我曾经到山外，到罗马、蒲叶[①]、托斯卡纳[②]、亚美尼亚[③]去求学过两年；我还四次渡海，一直到达君士坦丁堡，为国王诺布尔寻找治病的良药；我甚至还去过英国，参观了依鲁瓦[④]和埃斯科[⑤]。我千辛万苦，终于治好了国王，为了报答我的辛劳，他让我做这块地方的领主。”

“那好，告诉我怎样才能治好我孩子的病。”

“亲爱的德鲁依诺，得为他们做洗礼；一旦成了基督的小信徒，他们就不会痛风了。”

“这我相信，”德鲁依诺回答，“可上哪儿去找神父呢？我一个都不

---

① 地名，位于意大利南部。

② 地名，位于意大利中西部。

③ 地名，位于外高加索南部。

④ 古地名，位于英国。

⑤ 同上。

认识。”

“神父？”列那说，“难道我不是神父吗？”

“对不起，领主大人，我不知道。您愿意为他们洗礼吗？”

“当然。我先命名你的大儿子为李耶纳尔，然后再给其他孩子取名。”

“好，好！”德鲁依诺说，“先为大儿子洗礼，他病得最厉害。”

说着他回到鸟巢，带来最大的孩子，交到列那的怀里；列那立刻就把他吞进了肚子。德鲁安再次回到鸟巢，将其他孩子都一一带来，交给那个恶毒的神父，后者用同样的方法为他们做了洗礼。“别忘了，”轻信的德鲁依诺说，“您一定要认真地为他们洗礼。”

“放心吧，我保证他们不会再有痛风，而且不可能再患病。”

这时，德鲁依诺左顾右盼，徒劳地从一根树枝跳到另一根树枝，却再也见不到他的孩子了。他开始着急起来：“列那，列那，我的儿子们呢？他们不见了，您把他们藏到哪里了？是不是把他们抓走了？”

“我说过，他们在安全的地方。”

“啊，列那，求求您，让我看看他们；列那，我的孩子们呢？”

“他们都在这里呢！”

“啊！坏蛋，您把他们吃了。您吃了我的孩子！”

“啊呀，没有的事。”

“您把他们吃了，背信弃义的家伙！您就是这样报答我的！”

“你疯了吗，德鲁依诺；你的儿子们都飞走了。”

“可惜，他们的羽翼还没有丰满呢。列那，看在诚实的上帝的分上，您发誓他们还活着。”

“噢！我发誓，当然可以。”

“不过，发誓对你来说算得了什么呢！你从来就不怕发伪誓。噢！我真想揍你一顿，把你的眼珠子挖出来！”

“是吗，那你下来试试看。”

“不。”

“为什么？”

“因为我不能，也不愿意。列那，请您说实话，您把我的孩子们怎么了？”

“你真的想知道？”

“是的，看在上帝的分上。”

“好吧，看在我的分上，我把他们吃了。”

“哎呀！”

“事实上，我答应过你治好他们；现在我做到了，他们的痛风已经痊愈了；我甚至还可以对你说：我多么希望像你这样慈祥的父亲尽快和你的孩子们团聚呀。”

说完这些残酷的话语，列那便走了，留下德鲁依诺一个人独自在那里悲伤：“啊！可怜的孩子们呀，你们的死让我多么后悔呀！是我害了你们；要不是我，你们现在还活着呢。啊！没有你们，我也不活了。”说着他便跳下树来，就像一个绝望的人跳楼一样。他掉在草地上，昏了过去，失去了知觉。醒来后，他仍然悲痛万分，不住地用喙啄着自己的身体，还一根一根地将身上的羽毛拔下来。突然，他看到一线希望，恢复了勇气。要是能找到一个为他报仇的人就好了！想到这里，他决定不再寻死。他整理好凌乱的羽翼，决心周游天下，直到找到一个能为此事主持公道的保护神为止。

故事五十二

德鲁依诺如何寻找为他报仇的人，他如何遇见猎狗莫胡。

德鲁依诺虔诚地请求上帝给他指引，然后就上路了。他每遇见一条猎狗或野狗，就恳求他们帮助自己向列那报仇。可是，在仔细聆听了他的叙述之后，所有猎狗都借口这件事情太难办，有的不愿意帮忙，有的说这么大的事情自己帮不了忙。列那肯定是错的，但他毕竟是一位有身份的人物，应该受人尊敬。只要稍微现实一点的人，都不想因为别人所受的不幸而去找列那问罪。“德鲁依诺，您的指控有根有据，完全成立；列那理应对您更好一些，但您又能让我们做什么呢？善良的德鲁依诺呀，听我一句劝告，还是回去吧。”

麻雀满心痛苦地离开了。一天，他终于在一堆粪便上看见一条猎狗，猎狗骨瘦如柴，满脸苦恼，奄奄一息。德鲁依诺走近他说：“嗨，莫胡，你好吗？”

“很不好，德鲁依诺，我说不出话，也走不动路。我效力的那家农夫十分吝啬，我已经有两天什么东西都没吃了。”

“那是因为那农夫钱囊空了的缘故。不过亲爱的朋友，你听我说：如果你愿意替我办一件事，我保证你得到比天下任何一个农夫所给的都好的报酬。”

“要是你能让我吃饱，使我恢复力量和勇气，你将会看到我愿意为你做任何事情。我不是自吹自擂，我身体好的时候，树林里没有一头狼、鹿、麂，或者野猪能逃脱我的手掌心。我保证，只要你让我吃一顿饱饭，我就能恢复体力，变得和过去一样强壮敏捷。”

“我的好莫胡，”德鲁依诺回答，“你的食物将多得吃不完，吃剩下的只能扔掉。”

“你要我办什么事？是不是向什么人报仇？”

“是的，莫胡；恶毒的红毛狐列那背信弃义地杀害了我的孩子们，他把他们吃了。要是我报了这个仇，在这个世界上我就无所求了。”

“好吧，我以我父亲的灵魂发誓，保证让你满意。是的，只要你实现了对我许下的诺言，那么列那就要倒霉了。”

“你跟我来，莫胡，现在就走。”

故事五十三

德鲁依诺如何为莫胡弄来一顿他渴望的美餐。

猎狗非常艰难地站起来，但是想到能吃饭，他又有了力气。他沿着小路，缓慢地跟着他的小朋友。德鲁依诺让他躺在一丛灌木里。“我看见有一辆装满面包和熏肉的马车朝这儿驶来，”他说，“你看好了，莫胡；我去挑逗车夫，你看见他在我身后追我时，就抓紧时间到马车上去，这时候要拿一块熏肉对你来说太方便了。”

“好的。”莫胡回答。

马车驶近了，德鲁依诺开始实施他的计划。他掉在马车前面的地上，仿佛折断了翅膀。车夫走下车来，以为麻雀唾手可得。德鲁依诺逃脱了他，四处跳着；车夫一步一步地跟着，仍然觉得可以把他抓住；他以为在右边抓住了麻雀，可麻雀已经逃到了左边，他刚才还在前面两步远的地方看见麻雀，可一会儿麻雀已经躲到了他的身后。车夫开始不耐烦了，他回到车上，拿起一根大棒，再来到麻雀这边；德鲁依诺保持着警惕，注意不让自己和车夫之间的距离超过五步路。

车夫忙着抓鸟的时候，莫胡离开灌木，径直走向马车，用尽最后的力气举起前肢，抓住装满熏肉的篮子；他终于拉出一块熏肉，艰难地将它带回灌木丛中。德鲁依诺看见莫胡回到了先前隐蔽的地方，便不再逗弄车夫，迅速拍打着翅膀飞走了，也不理睬车夫的诅咒。车夫浑身臭汗地回到马车上，继续赶路，却浑然不知自己已经少了一块上好的熏肉。

德鲁依诺回到朋友的身边："上帝保佑你，莫胡！"

"啊，德鲁依诺，"莫胡回答，"欢迎你回来，请原谅我见了你不站起来，我没有时间。"说着，他狼吞虎咽地吃起熏肉来。

"不用客气，亲爱的莫胡，慢慢吃吧，不着急。"

"啊！德鲁依诺，你给我的这顿饭真是太美味了；我能为你报仇深感荣幸！"

"现在我们不谈这个。告诉我，莫胡，你还需要其他东西吗？"

"既然你问我，我承认我口渴得厉害，这美味的熏肉……"

"好吧，我要想办法让你满意。正好前面有一车葡萄酒，但愿等一会儿你能告诉我这酒产自哪个地方。"

说着，他愉快地拍打着轻盈的翅膀，落在道路当中。等马车经过的时候，他跳到马的头上，用嘴使劲啄他的眼睛。马儿长嘶一声，直立起来。车夫把这意外归罪于德鲁依诺，便恼怒地拿起一根短棒，向他扔去。可是，短棒扔偏了，砸在马的身上；马儿受了重伤，倒在地上，马车摇晃了几下，侧翻在路旁；车夫自己也被摔到了地上。装葡萄酒的木桶猛烈地掉了下来，连箍桶的铁圈也折断了；桶板四散开裂，葡萄酒一涌而出，在地上形成一片红色的沼泽。车夫看到自己最好的马儿和上等的酒一下子全完了，而这一切都起因于一只麻雀，因而悲伤万分。他不得不抛下可怜的马儿，继续赶路。这时，莫胡来到路上，大口畅饮葡萄酒，不过要是让他选择的话，他会更喜欢喝清澈的泉水。

"莫胡，"德鲁依诺问，"现在你满意了吧？"

"满意得无法形容，亲爱的德鲁依诺。正如我希望的那样，我已经恢复了体力，现在我只有一个念头，那就是很快在路上碰见列那。"

故事五十四

德鲁依诺拜访列那先生，如何通过莫胡的例子看到好事有时会得到好报。

“说真的，莫胡，”德鲁依诺回答，“你说得实在太好了，如果你信守承诺，我的心愿就一定能够实现。你在这儿等我，我去找我们的敌人，很快就会回来，因为我熟悉去城堡的路。我将冒很大的危险，也许我会丧命于那个夺走了我全部所爱的家伙之手，但是只要我回得来，就肯定会把他带来见你。”

说完，德鲁依诺告别了朋友。他来到莫贝杜伊，见到了城堡的主人，不禁打了一个寒战：狐狸正安详地趴在窗边。“列那，”麻雀在他头顶上方大声叫道，“起来，带我去见我亲爱的孩子们；没有他们，我再也活不下去了。要是你的窗户打开着，说不定我就会自投罗网，不过也许你不想违反好客之道。不管怎样，我在这里等你，你要是不过来，我就不走。”

列那在半梦半醒之中被这柔和的嗓音吵醒，他愉快地叫了一声，站起身来，来到德鲁依诺对他说话的地方。可是后者还没有做好准备，他飞到稍远的地方，停了下来。“啊！”列那说，“瞧你，胆小鬼！你现在好像在发抖，不敢等我过来。大概你认为我会伤害你，你错了！其实，我一直在为我施加于你的小小诡计而遗憾。我之所以靠近你，是为了鼓励你活下去，和你讲和。”

“我相信你，列那；我刚才的确想逃走，可现在好了，我不再害怕了。”

列那被麻雀的举止所迷惑，向他跑去；麻雀则跳着后退。他冒着生命危险，继续这样的游戏，一直来到灌木丛边，莫胡已经等得不耐烦了。“好了，”德鲁依诺说，“我不再跑了；我要死在这里，在这棵树旁，它令我想起那棵樱桃树，那里安息着我的孩子们。”

列那越来越恼怒，他朝灌木丛跳过去；迎接他的是莫胡，他立刻抓住列那后脑勺的毛发；列那还来不及反抗，就被一口咬住，狠命地推搡。起先他逃脱了出来，撒开腿就跑；莫胡在树林边追上了他，把他打翻在地，用牙齿咬他的肚子、耳朵，还在他的毛皮上撕开一道好几指宽的口子。列那从来没有离死神如此之近。最后莫胡之所以放开他，是因为他看见列那一动不动、鲜血淋漓，以为他已经一命呜呼了。莫胡得胜归来，德鲁依诺则还在为列那先前的逃脱而发抖：“怎么，莫胡，情况如何？”

“非常好。你可以放心，列那再也不能欺骗任何人了，这次要是他再逃脱，那只能说是魔鬼创造了奇迹。”

“谢谢，亲爱的莫胡：我为你做了一件小事，你以百倍的恩典报答了我。再见！祝你得到上帝无数次保佑！”

德鲁依诺还有一个愿望，那就是到列那身边，看着他咽气；他非常想和列那最后说几句。于是他飞到那里：“嘿！你在这儿，列那先生！你感觉如何？唉，你的聪明机智上哪儿去了，怎么会被打成这样？在你毛皮上的是不是一个大口子？没错，这儿还有一个、三个、四个、十个。噢！看来需要很多块毛皮才能把这些口子缝上！要是今年冬天天气寒冷，你可就要冻死了，我真担心；除非万分忠诚的艾尔桑夫人愿意为你取暖。”

列那听见了他的话，可是没有力气，也不想回答。德鲁依诺唱了一曲凯歌，然后心满意足地离开了，连招呼也没有向他的敌人打一声。至于列那，他在医生那里度过了整整一个季节，才得以重出莫贝杜伊，继续实施他的诡计。

故事五十五

列那如何被贵族大会判处绞刑。他如何没被绞死，又如何回到莫贝杜伊。

伊桑格兰、布朗、蒂贝尔、铁斯兰、弗洛贝尔、德鲁依诺、尚特克莱尔，以及品特、高乃伊和梅桑热控诉完毕之后，国王对贵族大会说："现在该你们判决这个十恶不赦的坏蛋——说得更确切一些，是决定判处他哪一种死刑了。"法庭的回答是列那犯有背信弃义罪，没有任何理由能阻止他被判绞刑，这是他应得的惩罚。

"大家说得对，"国王说，"把绞刑架架起来！把罪犯抓住，可不能让他逃了。"

绞刑架在一块很高的岩石上被架了起来。人们抓住列那，命令他爬上去。猴子关德罗对他做了个鬼脸，还用手扇了他一个耳光；其他人也群起效仿，有的拉扯他，有的推搡他。兔子库阿尔从很远的地方向列那扔了一块石头，可是列那已经走过去了。算他倒霉，列那正巧转过头来，看见了他，便皱起眉头；库阿尔害怕极了，连忙躲到树篱底下，再也不露头了。他说他打算从这里观看行刑，这样更加自在。列那在等待行刑的时候，想到了从来没有用过的一招，他宣布自己有重要机密要讲。国王只得听他说。

“陛下，”他说，“您逮捕我，用铁链锁住我，并决定将我绞死。我承认我是一个罪人，但您总不能剥夺我和上帝讲和的机会吧。请允许我拿起十字架，我将离开这个国家，去朝拜耶路撒冷的耶稣圣墓。如果我死在叙利亚，我便得救了，上帝将会因为您准许我回到他身边而奖赏您。”说着，他扑倒在国王的脚下；国王深受感动。

格兰贝尔也连忙帮着表兄弟说话：“陛下，我可以在您面前为列那担保；请您免他一死吧，他将永远不会伤害您和其他人。看在上帝的面子上，宽恕您手下的贵族吧！要是他被绞死，他的后代将蒙受多么大的耻辱！您知道，他们都是名门之后，您还可以指望他们为您效力呢！再过六个月，您就将需要勇猛的战士了，您就让列那远涉重洋吧，只要您一召唤，他马上就会回来。”

“不行，”诺布尔回答，“因为按照以往的惯例，十字军骑士回来时都比离开前更坏；甚至出发时最优秀的骑士归来后也会变得十恶不赦。”

“既然这样，陛下，那就让他永远别回来；看在老天的分上，您就让他走吧！”

诺布尔转身对列那说：“啊！你这个恶毒的东西，总是不走正道；就是把你绞死一百次也不过分。”

“谢谢，仁慈的国王，”列那叫道，“请相信我：我将永远不再成为别人控诉的对象。”

“我原本不应该相信你；不过，我对伯利恒所有的圣人发誓，要是再听见有人指控你，那你就别指望逃脱惩罚了。”

列那知道国王饶他一命了；诺布尔甚至还做了一件事：他向列那伸出手去，将他扶起来。人们拿来了十字架；布朗一边为国王心肠太软而发牢骚，一边把十字架绑到列那的肩上。尽管其他贵族也心存不满，但仍然为他拿来了朝圣的披巾和手杖。

就这样，列那手持用白桦木做成的手杖，脖子上围着披巾，肩上扛着十字架。国王让他对所有指控过他的人保证，说他对他们不存有任何坏心；他决心（至少他是这样说的）不再像坏孩子那样生活；总之，他对自己的灵魂获得拯救非常重视。此外，列那对别人对他的任何要求都毫不犹豫地接受；他和每一个贵族都有过节，但现在都原谅了他们。祷告开始的时候，他离开了朝廷。

可是，一旦走出贵族们所在的院子、穿过围墙，感到自己重获自由之后，列那所做的第一件事情，就是挑衅那些刚才他用忏悔的话语安慰过的人，只有诺布尔陛下得以幸免。这里，我还要补充一句：列那向大家告辞前，在王宫的庭院里遇见了美丽高贵的王后菲叶儿夫人。“列那先生，”她对他说，“请您在海外为我们祝福，我们也会在这里祈祷您平安归来。”

“夫人，”列那一边鞠躬一边回答，“来自贵人的祝福是这个世界上最珍贵的东西，您为之祈祷的人有福了！他完全有理由欣喜若狂。噢！如果我能带一件能证明您友谊的信物去叙利亚，就一定能满怀幸福地完成朝圣。”

于是王后从手上摘下一只指环递给列那。列那连忙致谢，但却在心里说：“给我全世界所有的珍宝，我都不会归还这指环。”他将指环套到手上，然后就像大家看到的那样，向朝廷告辞，策马离开了。

不一会儿，他就来到兔子库阿尔因害怕而藏身的树篱旁；后者被发现了，却又不敢逃跑，只得颤抖着说：“列那先生，上帝保佑您！再次看到您安然无恙，我非常高兴；我为刚才您所遭遇的不幸感到难受。”

“是呀，库阿尔，我的不幸让您难受了！啊，上帝，多么善良的灵魂呀！所以，既然您曾对我的身体表示了怜悯，我也非常高兴能怜悯一下您的身体。”听见这句可怕的话，库阿尔拔脚就想溜，可是太晚了。列那一把抓住他的耳朵：“见鬼去吧，库阿尔先生，您不再会一个人走长路了；您将和我一起回家，不管您愿意还是不愿意；今晚我会把您介绍给我的孩子们，他们会用您来举办一场盛宴的！”说着，他用手杖把库阿尔打昏了。

然后，他带着俘虏，继续赶路。他爬上一座山，从上面可以俯瞰国王的朝廷所占据的山谷。他从山上凝视着那些刚才审判他，并对诺布尔的善良指手画脚的人；然后他大叫一声，引起所有人的注意，并把绑在肩上的十字架扯了下来。“国王陛下，”他说，“把你这破玩意儿收回去吧，上帝会诅咒那些把手杖、披巾，以及所有这些破烂货硬塞给我的人。”他扔掉手杖、披巾和十字架，把屁股对着他们，接着说：“听着，国王陛下：我听从您的命令去了叙利亚，现在我从那里回来了。努雷丁苏丹[①]见我如此苦修，请求您宽恕我。异教徒对您是如此害怕，以至于他们一听见您的威名，就落荒而逃。”

正当列那兴致勃勃地嘲弄贵族们的时候，库阿尔先生醒过来，悄悄溜走了，他与列那拉开距离，逃回了朝廷。他丧魂落魄、皮开肉绽，扑倒在国王的脚下，呜咽着述说了列那的罪恶；其实只要列那被吊死，他就能避免这场灾难。

“上帝！”诺布尔吼道，“我真该死，怎么会指望这个无耻之徒改邪归正呢。出发吧，各位贵族大人，去把他抓来；要是再让他逃脱，我一辈子都不会饶恕你们；谁要是把他给我带来，我就给予他的孩子特权，并封他们为贵族。”

在国王的命令下，大家纷纷上马，扬鞭追赶，其中包括伊桑格兰、狗熊布朗、花猫蒂贝尔、绵羊贝林、老鼠贝雷、公鸡尚特克莱尔、母鸡品特和她的姐妹、劣马费朗、野狗罗尼奥斯、狍子布朗夏尔、乌鸦铁斯兰、蟋蟀弗洛贝尔、白鼬贝蒂布尔夏、野猪泊桑、公牛布吕扬、

① 努雷丁，1145年任阿勒颇苏丹，后为大马士革和埃及苏丹。

鹿布里什麦，蜗牛塔尔迪夫负责军旗，并为所有人指路。

列那看见他们跑来，轻而易举地认出了迎风招展的旗帜。他一刻也没有等待，马上逃进一个山洞。身后的敌军也跟着他冲了进去。列那已经可以听到周围胜利的叫喊。“可恶的红毛狐！你跑得再快也救不了你的命，没有一个园子、一堵围墙、一条壕沟、一丛矮树、一根栏杆，以及一座城堡、塔楼或要塞能保住你的性命。”列那疲惫不堪、口吐白沫，再也逃脱不了追兵们疯狂的牙齿。一切已成定局：列那的退路即将被切断，他也眼看就要成为俘虏。这时候，他看见了莫贝杜伊城堡的顶端，这给他注入了希望：他竭尽最后的力气，终于逃回了自己的庇护所，这是其他任何人都无法攻克的堡垒。现在，就让诺布尔去围困吧，他就是花上几年的工夫，也打不开城堡的大门。列那有足够的给养，他将舒舒服服地等待他的追兵。

尊重他、敬仰他的妻子听见国王军队的号角，连忙和三个儿子——贝尔斯艾、马尔布朗什和洛威尔（也有人称他为列那戴尔）——一起赶到大门口，迎接尊贵的丈夫。列那被亲人簇拥着、爱抚着、亲吻着。大家查看他的伤口，用白葡萄酒进行清洗，然后让他坐在一个柔软的坐垫上。晚餐上来了，盛宴上只缺少库阿尔这道菜；不过，列那先生是如此疲惫，只勉强吃了一块母鸡的里脊肉和一张鸡皮。第二天，他放了血，拔了火罐；几天后，他便恢复了体力和健康。

编著者的话：这里我们不按照古代诗人的说法，来叙述国王军队对莫贝杜伊的围困，因为这一段故事里没有任何值得记忆的事情。在遭到被困者的多次袭击之后，国王诺布尔被迫解散贵族，下令撤退；就像武功歌《让德朗松》所描述的查理曼大帝在释放了十二名贵族之后所做的事情那样。我们还是取另一种说法，根据这种说法，“审判”以列那和伊桑格兰的单挑独斗而告终。

故事五十六

列那和伊桑格兰的辩论，两人如何受命决斗。

根据传说，国王诺布尔复述了一大段人们在朝廷上对列那的指控之后，在场的所有人都认为应该惩戒列那，以示后人。可是列那受过良好的教育，在任何事情面前都不会惊慌，他花了很多时间把自己所有的回答都权衡了一遍。听了众人对他的指控之后，他神色庄重地站起来，要求对这些指控一一做出辩驳。“要求合理，”国王回答，“在没有听取被告的辩护之前，我们不能对他判刑。说吧，我们洗耳恭听，看你能说些什么为自己辩护。”

“陛下，”列那说，“首先，感谢您传唤我来朝廷，给予我澄清事实的机会。蒂贝尔和梅桑热的指控根本不足为信，所以为了不分散您的注意力，我甚至懒得做出回应。我一点都不记得曾经见过科佩特，所以也就不可能伤害或谋杀她。至于尚特克莱尔，我只知道有一天我让他跟着我，后来又准许他离开我，因为我们走近了一大群猎狗身边，很有可能遭到他们的伤害。为什么狗熊布朗也要指控我，这我说不上来，我可从来没有图谋过他的一根皮毛。同样，我想不出来罗尼奥斯和老伙计伊桑格兰有什么可以指责我的地方。我的大多数邻居之所以控告我，是因为这个世界充满了忘恩负义和贪欲；大家都知道，我现在只能惊讶自己的好心得不到认可。一个人做了这么多好事，却经常受到惩罚，而一般人们所指责的却不是罪恶最深重的人。可惜！上帝没有赐予我恩惠。我的所有善举都成了自己不幸的根源，这就是我的命。”（说到这里，列那似乎激动起来；他把手臂伸到眼睛前面，做出擦眼泪的样子，然后继续说。）

“我可以非常诚恳地说，我从来不曾忘记自己欠艾尔桑夫人——我伙伴的妻子——的情。冒犯她是异教徒的举动，伊桑格兰先生公开指责我犯下如此滔天的罪行，其实是在给自己难堪。”

这时，伊桑格兰先生再也忍不住了，他打断列那：“说真的，也只有你才会否认清楚得如同白昼一样的罪行！啊！你真会编造谎言！难道让我下到井里、再也上不来的也不是你？你对我说你在天堂里，井里有树林、有粮食、有水，还有草地；你要什么就有什么：山鹑和母鸡、鲑鱼和鳟鱼。我不幸听信了你，跳到桶里；我下井的时候，你却上去了，半路上我问你想干什么，你回答说按照规矩，有一个人下井，就必须有另一个人上来；现在你离开了地狱，替换我下去了。还有那个池塘，我把我最漂亮的那段尾巴留在了那里，你让我对此说些什么呢？”

“事实上，”列那回答说，“对我提出这样的指控是不严肃的。我们去池塘的时候，伊桑格兰钓鱼之心非常急切，似乎永远也钓不够似的。农夫们的谚语在他身上灵验了：‘贪心的人一无所有。’他感到大鱼来的时候，为什么不走开？最多再回来一两次不就行了？可是他的贪欲战胜了他。我去警告他，他用恼怒的尖嚎回答我，我等得筋疲力尽，只好让他继续下去。现在他遭到了意外，错在谁呢？反正吃鱼的肯定不是我。”

“列那，”伊桑格兰又说，“你很会蒙蔽你要欺骗的人，你这一辈子都在骗我。还有一天，我火腿吃得太多了，感到嗓子有点渴，你就让我相信你掌握着一座酒窖的钥匙，是葡萄酒的看守。我跟你去了酒窖，你这个背信弃义的家伙，在那里你让我听邪恶的歌曲，正是因为你，我的肋骨险些被打断。”

“这件事，”列那说，“我是记得的，事实并非像你所说的那样。你自己喝得酩酊大醉，然后想要唱‘日课经’，你唱得如此之响，才引来了全村庄的人。我不像你，没有丧失理智；当我看到村民们赶来的时候，就远远地离开了。难道我保持头脑清醒也有罪吗？你遭到痛打，难道也是我的错？‘恶有恶报’这句话想必大家早就听说过。”

“有一天，你又装出讨好我的样子，用开水为我剃度，让我变成了秃头，还掀掉了我脸颊上的皮。还有一天，你送给我半条偷来的鳗鱼，以此引诱我掉入新的陷阱。我问你鳗鱼是从哪儿弄来的，你说从一辆满载鳗鱼的马车上，车夫们为了减轻马儿的负担，想从车上扔掉一部分鳗鱼。他们为了让你吃得更畅快，甚至还要邀请你坐到他们身旁。我听了你的话，决定仿而效之，也等候在马车的必经之路上，可是我遭到了乱棒猛打，至今背上还留有伤痕。夏日的白昼再长，也不够让我把你的罪行，以及你给我造成的伤害说尽。好在我们现在在朝廷上，在这里阴谋诡计是无用武之地的。”

“朝廷会像我这样，对你的指控不屑一顾。凡是听到我俩辩论的人肯定会惊讶万分，把你当作傻瓜，因为你如此拙劣地粉饰着你的谎言。难道你会如此轻易地上当受骗吗？”

“你太过分了，”伊桑格兰两眼喷火，继续说，“我现在只等国王离开，请他准许我和这个背信弃义的家伙单挑独斗。”

“我嘛，”列那说，“我的愿望和你一样。”

两人此话刚出，国王便毫不犹豫地同意了。整个朝廷都认为战斗不可避免，更何况大家都觉得，除非列那机敏超常，否则他肯定抵挡不住伊桑格兰可怕的蛮力。

1846
WK.

故事五十七

国王手中有哪些证人，决斗裁判如何任命。

国王要求双方指定证人，对谁都不予偏袒。于是伊桑格兰指定狗熊布朗、花猫蒂贝尔、公鸡尚特克莱尔和兔子库阿尔为证人；列那则挑选了最有经验的一些人：公牛布吕扬、野猪泊桑、刺猬埃斯比纳，以及他的表兄弟獾子格兰贝尔。决斗定于十五天之后进行；格兰贝尔保证列那会在约定的时间和地点前来，以“打击伊桑格兰的气焰”。“好吧，”国王说，“别再挑起争端了，你们都太太平平地各自回家吧。”

列那肯定不如伊桑格兰那么勇猛，可是他更了解决斗的窍门，正是这个原因促使他接受了挑战。尽管他在力量上稍逊一筹，但他的身手更加敏捷；他懂得如何“以退为进”，在后退的过程中抓住时机，使对手门户大开；他也深谙各种迅猛而令敌人猝不及防的招数。至于伊桑格兰，他觉得自己不用做准备，仗着他有理，而且比列那威猛，他安安心心地回家睡觉去了，不过他还是对决斗的延期大加咒骂，因为这使得他报仇的时间也往后推了。

这一段时间同样也被双方用来寻找最好的武器，并且将它们调整到最佳状态。伊桑格兰把注意力集中在盾牌和毡呢紧身衣上；他还试穿了护腿，找到一双轻便牢固的鞋子；他使用的棍子是一根满是结节的欧楂树枝；他选择了鲜红的颜色来为盾牌上漆。列那的盔甲和武器由他的朋友们负责准备：一块圆形的黄色盾牌、一件长度不到两尺的短衣、毡呢鞋子、山楂树枝做成的棍子，还配备了皮带；此外，他们还非常细心地为列那刮去了胡子、剃掉了头发，以免决斗时给敌人机会。

伊桑格兰看见列那来到朝廷上，非常懊恼不能像自己希望的那样用利齿撕碎他漂亮的毛皮；然而，此前他却从来不屑从列那的身上拔一根毛。不过，他还得克制一下焦急的心情，因为决斗并不像他想象的那么简单。

大家看到正直的夫人艾莫莉娜来到栏杆前，她的三个儿子——贝尔斯艾、列那戴尔和马尔布朗什——陪着她。他们四人虔诚地向上帝祷告，跪着祈求上帝助列那一臂之力，教给他制胜的招数。列那目睹了他们的祷告，用话语和手势向他们表示感谢。

与此同时，艾尔桑夫人跪在她刚才在另一边设立起来的祈祷室里。她热泪盈眶地恳求上帝的帮助，请他不要让自己的丈夫从决斗中生还，让他亲爱的朋友获得最后的胜利；因为她牢牢记着列那的表白，也没有忘记伊桑格兰的鲁莽。要是后者遭到不测，感到悲伤的肯定不会是艾尔桑这位“光明磊落”的夫人。

国王诺布尔看到人群聚集在栏杆周围，大声喊着决斗开始，便让布里什麦走过来，任命他为决斗裁判；他将起草誓言的格式，确保决斗的正常进行，并宣布获胜者的名字。布里什麦庄严地履行了他的职责：他首先挑选了三位出身高贵的贵族作为他的顾问，第一位是骄傲而耐心较差的列奥帕，第二位是举止威严的泊桑，第三位是公牛布吕扬。他们三位是贵族大会中最睿智的人，没有人比他们更了解有关决斗的事宜了。

故事五十八

决斗裁判如何做最后一次调解努力，列那和伊桑格兰如何宣誓。

他们聚集在一起，布里什麦说："各位大人，我很难相信对列那先生的所有怨言。指控他的不仅仅是我们的朋友布朗，还有罗尼奥斯、弗洛贝尔、铁斯兰、品特和其他人。所幸的是，自从伊桑格兰提出他的指控之后，其他所有的声音都消失了。伊桑格兰将代表大家参加决斗，我们只要和他打交道就行了。各位大人，在目前的情况下，尽最后一次努力让两位决斗者讲和，难道不是最明智、最正确的做法吗？"

"我们也和您一样认为。"泊桑和另外两位回答说。于是他们立刻来到国王那里："陛下，我们已经达成了一致，除非您出于荣誉或其他特别的原因而反对，否则我们认为最好还是让伊桑格兰先生和列那先生这两位贵族讲和。"

这话正合国王的心意，因此他随声附和："你们先去对伊桑格兰说吧，问题的关键在他；至于我，我必须维护他的权利，剩下的就看你们了。"

布里什麦硬着头皮来到伊桑格兰家，把他拉到一边说："国王得知您拒绝任何和解的努力，非常生气。作为您的挚友，我劝您姿态高一点，接受列那提出的妥协；这也是国王和全体贵族的心愿。”

“您这话说得不对，”伊桑格兰回答，“要是我和背信弃义的人讲和，要是我从今往后不能阻止他羞辱和玷污朋友，那么就让我被火烧死。我倒要看看是谁想剥夺我的权利。”

“接受冒犯您的人的讲和要求，”布里什麦说，“这并不意味着剥夺被冒犯者的权利。我希望阻止您把事情推向极端，消除你们两人之间的所有前嫌；但是您不愿意，我感到很遗憾。”

“好了，布里什麦先生，”伊桑格兰回答，“您回去对国王说，要是我让这个红毛鬼从决斗场全身而退，那么他就把我当作一个醉鬼吧；和平只能在战场上获得，决斗是不可避免的。我再说一遍，任何人都不能剥夺我的权利。”

布里什麦回到国王身边：“陛下，我们一无所获，决斗是不可避免了。因此，为了维持公正，必须打开决斗场的大门，让双方尽其所能地攻击和自卫。”

“既然如此，”诺布尔回答，“我对圣人里歇尔发誓，他们将如愿决斗，即使两人中最富有的一方将他的全部家产给我，我也不会取消这场决斗。总管大人，打开决斗场的大门！”

国王的命令立刻得到了执行。伊桑格兰和列那手拉着手，被带到栏杆的缺口处。一个神父出现了，他是睿智而低调的贝林；他身前有一个祭台，两位决斗者将在祭台前宣读誓言。趁布里什麦起草宣誓格式的时候，有人宣读了国王的命令：任何人都不得以言语、举止或动作闹事。

“各位大人，”布里什麦说，“请听我说。要是我的话有错，请立刻打断我。列那将首先宣誓，说他不曾对伊桑格兰造成任何伤害，不曾对蒂贝尔背信弃义，不曾对铁斯兰、梅桑热、罗尼奥斯、布朗以及尚特克莱尔施加诡计。过来吧，列那！”

列那朝前走了两步，屈膝跪下，将披风甩到肩上，祈祷了一会儿，然后把手放在祭台上，向圣人日耳曼以及其他所有安息于此的圣人发誓，说他在这次争执中没有一点错。说完，他亲吻了一下祭台，站起身来。

伊桑格兰看到列那竟然这样在上帝和圣人面前撒谎，既惊讶又愤怒。他走上前去。“亲爱而仁和的朋友，”布里什麦对他说，“您发誓，说列那刚才发的是伪誓，而您的宣誓才是真的。”

“我发誓！”

说完，他亲吻了祭台，站立起来，在决斗场里稍稍往前走了一点，虔诚地祈祷上帝帮助他洗刷耻辱、重夺荣誉。接着，他亲吻了大地，拿起棍棒操练起来，向四面八方挥舞着；同时，他用右手旋转着皮带，往臂肘、膝盖和手心吐了几口唾沫，拿起盾牌，向人群优雅地致意，然后示意列那做好准备。

故事五十九

列那和伊桑格兰之间惊心动魄、难以忘怀的决斗；上帝如何判决有理者获胜。

列那面对伊桑格兰，心中不免有些忐忑。虽然他能说会道，甚至还懂得不少招魂的巫术，但要说一些对单打独斗有所帮助的话时，却一句都记不得了。不过，他相信决斗足以说明问题，便抓住棍子，挥舞了两三下，将皮带绕在前臂上，吻了吻自己的盾牌，表情如同一堵高不可攀的城墙那样坚定。让我们看看现在他能做些什么。

伊桑格兰首先发动攻击：这是受冒犯一方应有的权利。列那弯下腰，把盾牌举过头顶，准备接招。伊桑格兰咒骂着用力打来："可恶的侏儒！要是今天不能报辱妻之仇，就让我输掉这场决斗！"

"行行好吧，伊桑格兰先生；请接受我的道歉，我的骑士亲戚们会向您致敬的，我则将离开这里，远赴海外。"

"你是在说从我手里逃出来以后打算做的事情吗？得了！到时候你肯定出不了远门。"

"那可说不准。到了明天，我们看究竟是谁活得更好。"

"要是你能见到明天太阳落山的话，那我肯定要比你多活一天。"

"天哪！别干打雷不下雨！"

伊桑格兰猛冲过来，列那把盾牌放在额前，伸出一只脚，把脑袋护住。他抵抗住了伊桑格兰的打击，灵巧地把棍子朝后者耳朵附近的脸颊投去，对手一下子被打蒙了，摇晃了几下。鲜血从伊桑格兰的头上涌出，他画了一个十字，祈求上帝保佑他。难道他的妻子真是列那的同谋？他感到心烦意乱：要是有人问他现在几点，该念什么经，他肯定回答不出。

列那一直看着他，虽然他不敢主动进攻，但至少他已做好了承受第二次打击的准备。“嗨，您还等什么，伊桑格兰？您以为决斗结束了吗？”这话提醒了艾尔桑的丈夫，于是他又冲了过来；他伸出一只脚，挥舞着棍子，然后准确地将它朝列那投去。列那及时躲避，棍子落空了。“您看见了吧，伊桑格兰先生，上帝站在我这一边——您投棍子时方向是对的，可就是打不到我。听我一句话吧，如果您重视自己的荣誉，那我们就讲和。”

“我重视的是要挖出你的心，如果我做得到，我就出家当僧人。”

伊桑格兰重新冲回来，他将棍子藏在盾牌下面，然后突然竖起，朝列那的脑袋打来。列那俯下身体，躲过棍子，利用对手门户大开的机会，一棍重重地击中了伊桑格兰，打断了他的左臂。这时，双方同时扔掉了各自的盾牌，扭打在一起，争先恐后地撕咬着对方，鲜血从胸口、脖子、躯干四处溅射。因为伊桑格兰的一条胳膊受了伤，所以战斗中双方势均力敌。两人得打多少个回合，才能分出胜负呀！然而伊桑格兰的牙齿更加锋利，因此列那身上的伤口也更宽更深。列那只得借助于技巧：他抓住伊桑格兰，不住地绊他的脚，终于把他打翻在地。列那跳到他的身上，打碎他的牙齿，往他的嘴里吐唾沫，用指甲拔去他的胡须，还用棍子打肿他的眼睛。伊桑格兰就这样被打得鼻青眼肿。“老伙计，”列那对他说，“让我们看看你我谁有理。您为了艾尔桑夫人和我过不去。连这么小一件事都这么在乎，我看您真是疯了。

怎么能相信女人呢？她们没有一个是值得信任的，她们是所有争端的根源，因为她们，亲戚朋友可以反目成仇，兄弟伙伴可以相互争斗；她们是所有骚乱的始作俑者。所以别人可以随便说艾莫莉娜什么坏话，我不会相信一个字，更不会为了她去拼命。”

可恶的列那就这样一边嘲讽伊桑格兰，一边把拳头雨点般地砸在他的眼睛和脸上。可是，他一个失手，原先如此得心应手地打在对手身上的棍子脱手了；伊桑格兰抓住时机，想站起来，可是受伤的胳膊妨碍了他。列那仍然保持着优势，但不幸的是他不小心将手指伸进了伊桑格兰的嘴巴；后者用剩下的牙齿死死地咬住了它。列那痛得大叫起来，伊桑格兰趁机抽出右手，伸到敌人的身后，将他拉倒，反过来骑到他的身上。决斗双方的态势立刻改变了：列那被伊桑格兰的膝盖抵在下面，他没有祈求敌人，而是祈求罗马诸神保佑他免遭发伪誓的惩罚。伊桑格兰手下毫不留情，列那昏死过去，浑身冰凉，只求一死，但他依然不肯道歉认输。

伊桑格兰将列那狠揍一顿、打得死去活来之后，站起身来，他被宣布是胜利者。贵族们蜂拥而上，向他祝贺，并把他簇拥在中央。看到列那输掉了决斗，狗熊布朗、乌鸦铁斯兰、花猫蒂贝尔、公鸡尚特克莱尔和野狗罗尼奥斯高兴万分，就连当年特洛伊人迎接海伦入城时，也没有如此高兴。失败者的亲属徒劳地向国王求情，可诺布尔什么都不愿意听，他命令背信弃义者必须立刻被绞死。蒂贝尔为列那蒙上眼睛，罗尼奥斯绑住了他的双手；当可怜的列那长叹一口气，以说明他还活着的时候，他的第一眼投向了绞刑架上的绳索。

故事六十

列那向贝林忏悔，他如何从绞索上获救，圣人贝尔纳神父如何希望把他改造成僧侣。

为了在临死前好好认罪，列那要求至少为他请一名忏悔师。格兰贝尔立刻通知了贝林；这位好心的神父前来听取列那的忏悔，由于后者的罪孽实在深重，所以贝林还必须确保刑罚的执行状况符合规则。

正当他为列那做忏悔的时候，贝尔纳神父经过此地，他刚从格朗蒙[①]来。路上他遇见了哭哭啼啼的格兰贝尔，便询问他为何如此悲伤。“啊！善良的神父，我在为列那先生所遭受的不幸而痛哭，我们即将失去他了；没有人敢在国王面前为他说情。其实，他是一位忠诚的骑士，既高尚，又谦恭。”看到格兰贝尔和刺猬埃利松悲恸欲绝的样子，贝尔纳不禁动了恻隐之心；他前去求见国王，希望后者把列那交给自己，让自己把他改造成修道院的僧侣。

贝尔纳神父是最受诺布尔爱戴的教士。看见他进门，国王起身迎接，并让他坐在自己身边。贝尔纳开门见山地请求他饶罪犯一命，可是诺布尔并不回答，而是生气地看着他。“啊，陛下，”贝尔纳继续说，

① 格朗蒙：山名，位于法国中部，自12世纪起成为格朗蒙修会的所在地。

“请您同意我的请求；大凡记仇的人是不可能指望见到上帝的。耶稣基督都能免他一死，难道您就不能敞开您的宽宏之心吗？如果罪犯像他在忏悔中所说的那样，真的为上帝之爱所感动，那么就应该赦免他，赦免！既然您对我充满爱心，那么把列那的生命也交给您的爱心吧；我来见您，无非是要阻止对他的惩罚。我要为他剃度让他成为僧侣，要拭去他以前的恶行，让他成为感化众人的榜样。上帝不希望处死罪人，一旦他看到罪人的忏悔，就会给他永远的救赎。”

诺布尔听着，逐渐被贝尔纳的坚定所折服。他不想拒绝贝尔纳的请求，终于同意把列那交给他，并听凭他如何处置。就这样，列那离开了监狱。他学会了修会的规矩，披上了修道院的长袍，成了一名僧侣。

过了不到十五天，列那的伤口已经痊愈，身体完全恢复到了从前的状况。看到他把基督教的所有教义背得滚瓜烂熟，而且如此虔诚地履行模范教士的职责，人们无比感动；每一个和他同事的神父都爱戴他、尊重他。然而，列那神父最主要的学习内容，却是伪装虔诚、欺骗众人、使别人上当。

所有人都说列那将在修道院里待一辈子，要是他的伪善在死后没有被揭发到一位神圣而虔诚的隐修士——列那曾经好多次吃掉了他的定粮——那里，说不定他还会被封为圣人呢。也有人说虽然列那尽心完成圣职，但他总是念念不忘肥美的母鸡，那鲜嫩的鸡肉一直在他的心头萦绕。最后，与日俱增的诱惑终于战胜了他；借助他所穿戴的圣衣，列那在很长一段时间里欺骗了僧侣们对他的信任。成天斋戒、守夜，却什么都不能吃；做法事的时候必须跟着大家一起唱圣歌，而不是让铁斯兰或尚特克莱尔唱；这一切都让他感到无聊。

一天，在万分虔诚地听完布道以后，列那和往常一样把头埋在经书里，跟在众人后面走。出教堂的时候，他发现教堂的诊所里有四只漂亮的母鸡，那是邻近城镇里一个名叫蒂博的有钱市民送给修道院的。列那神父捻了好长一段时间的胡须。“说到底，”他想，“所有那些许愿节制的人跟我都不是一路人。”夜幕降临后，列那神父走出他的房间，来到诊所，找到了母鸡们住的地方，后者还抱着能多活几天的希望呢；他把四只母鸡一一掐死，然后津津有味地吃掉了一只。接着，他连招呼都不跟修道院院长打一声，便带着剩下的三只母鸡走了。他越过围墙，将道袍扔在树篱的荆棘上，不一会儿就来到了郊外。

就这样，他可能踏上了回莫贝杜伊的路，经过很长时间的销声匿迹之后，终于重返旧居。有人说，他的归来让贤良的艾莫莉娜略感吃惊，因为她以为列那已经死了，以至于她不得不鼓起所有的勇气，才相信了这不曾指望的幸福。有一些爱嚼舌头的人甚至还说，列那离开修道院的时候，艾莫莉娜正要和她年轻的堂兄弟蓬塞结婚；为了进入莫贝杜伊城堡，我们的假行僧被迫化装成一名英国的行吟诗人。我们认为，这是恶言中伤，但不幸的是，这种说法至今还没有被明确否定；不过，上帝不愿意我们在一位如此贤惠的女人脸上抹黑，所以迄今为止还没有人敢怀疑艾莫莉娜的母爱和忠贞！

写在后面

忠贞的艾莫莉娜的第二次婚姻，以及列那先生化装成行吟诗人的伤心传说被收录在故事的第三部里，但是我们只找到这一部分故事的零碎片段。在这里我简单叙述一下。

自从列那离开贝尔纳的白衣僧侣修道院之后，非常害怕受到国王的惩罚，所以只有在化了装的情况下才敢出门。他先后戴过圣师的圆帽、法官的法帽、商人的贝雷帽、主教的教冠、红衣主教的教帽；穿过医生的长袍、修道院院长的道袍、大臣的朝服；甚至还戴过修女的头巾、女市民的小帽、女领主的金腰带。最后，年老的诗人讲述了“他如何成为皇帝”的故事，以结束上面这一连串的乔装打扮。

在每一件新的外衣下面，伊桑格兰昔日的敌人仍然让天下所有人传诵他的丰功伟绩。表面上，他是一位深沉的政治家、睿智的道德家、令人尊敬的哲学家、虔诚的教士；可实际上，他一直是一个骗子、伪善者、和平的敌人、发伪誓的家伙，所以，人们最终总能认出他的长尾巴，然后一边围追堵截，一边大喊：“抓狐狸！”

出于这个原因，列那今天再也不敢露面了，法国也再也听不到关于他的故事了。也许他已经去了海外，也许他决心远离尘世。不过，要是有人发现了他的藏身之地，请立刻通知我们，以便在我们刚才讲述的故事之上做新的补充。

译后记

《列那狐的故事》原本是法国一部以狐狸为主角的长篇动物故事集，是中世纪市民文学中最重要、最具代表性的作品，也是法国同类故事诗中成就最高、影响最大的作品。

这部浩渺的长诗由二十七篇结构松散、意思并不连贯、内容也欠协调的组诗缀合而成，诗句均为八音节，两两押韵，共计两千七百余行。这些组诗大多都可以独立成篇，但均以狐狸列那为故事的主角，贯串着列那和狼伊桑格兰斗争的主线，从而形成一部完整的作品。

有关列那狐的故事情节或源自古希腊罗马寓言（如《伊索寓言》），或源自印度等东方国家的故事（如印度著名的寓言集《五卷书》），或源自日耳曼民族的故事，但主要来源还是法国北部的民间传说。早在查理曼大帝时期，已有一位名叫阿尔古安的诗人创作了一首有关公鸡的动物故事诗。12世纪初，法国东北部图尔地区圣–艾弗尔修道院的一位修士比埃尔·阿尔封斯写下了故事集《教士戒律》，用不同动物的形象表现了寺院的僧侣，并且首次提及了狐狸和狼的冲突，其中《狼和狐狸在井里的故事》更是成为列那狐故事情节的直接来源。大约在1148—1149年，弗拉芒地区的教士尼瓦尔用拉丁文写下了长达六千五百行的故事诗《伊桑格里谟斯》，诗中出现了狐狸列那尔都斯、狼伊桑格里谟斯等有名有姓、完全类型化的动物，而且许多情节日后都可以轻而易举地在《列那狐的故事》中找到。1152年，法国女诗人玛丽·德·法兰西的故事集也被认为是列那狐的重要情节来源之一。

狐狸列那的故事早在9—10世纪即已口头流传，后经过民间创作与加工，终于形成于1170—1250年间，并于13世纪被记录下来。因此，可以说这些故事是在《伊索寓言》、东方寓言和法国民间动物故事基础上形成的动物故事荟萃。而韵文故事诗《列那狐的故事》的出现，则应归功于一些对口头流传的民间创作十分敏感，并主动对其进行发掘和整理的作者的个人努力。这些作者人数甚众，据说有三十余人之多，但目前确知的只有三人，他们是：比埃尔·德·圣-克鲁（他于1170年创作了长达一千一百行的故事诗《列那的童年》，从而构成了《列那狐的故事》中最古老的第二组诗）、里查·德·利松（第十二组诗）和拉克鲁瓦昂布利修道院的神父（第九组诗）。这些关于列那狐的组诗原来都各自独立，直到法国现代语言学者吕西安·富莱将它们按情节顺序编辑，才成为体系完整的《列那狐的故事》。

经过多次修订，《列那狐的故事》现在已经非常完整，人物性格也十分鲜明。整个故事的焦点集中在列那狐和伊桑格兰狼之间的争斗上，其间也穿插了列那和其他动物的恩怨，如狗熊布朗、花猫蒂贝尔、公鸡尚特克莱尔、狮王诺布尔等等。在故事所描述的动物世界里，弱者常为强肉，愚者常为智役，而惹是生非、闹得鸡犬不宁的乱臣贼子，则是一只名叫列那的狡黠狐狸。他自恃聪敏，喜欢略施小计，免不了欺凌弱小，不过也敢于对付强敌，甚至戏弄不可一世的狮王；但他也有失算的时候，比如遇到比他还机敏的花猫蒂贝尔，便眼睁睁地吃了亏。书中的飞禽走兽皆有人情，狐狼兔羊亦通世故。不过最精彩的章节还是集中在《列那狐偷鳗鱼》《伊桑格兰狼钓鱼》《列那狐的审判》等部分。在《列那狐偷鳗鱼》的故事中，列那所表现出的狡猾勇敢，足以使读者对后面的故事产生兴趣。《伊桑格兰狼钓鱼》则是狐狼争斗的精彩序幕，故事对狼的贪婪和愚蠢做了精彩的描绘，他不是在冰天雪地里用尾巴钓鱼而被冰冻在湖面上，就是被列那用开水烫得焦头烂额，甚至还惨遭剥皮；特别是伊桑格兰钓鱼而被冻住尾巴的情节，已成为动物故事的经典，可以在世界各地找到翻版。最后，在《列那狐的审判》中，列那狐终因作恶多端，引起了人们的普遍不满，被他欺负的动物在狼伊桑格兰的带领下，联名向百兽之王狮子诺布尔控告；虽然诺布尔本想敷衍了事地搪塞过去，但在公鸡尚特克莱尔和母鸡品特的哭诉之下，他不得已传列那到庭受审；列那在让负责传唤他的狗熊布朗和花猫蒂贝尔尝尽苦头之后，终于来到法庭，他忽而慷慨陈词，忽而谦卑恭让，甚至还认罪请求宽恕，但仍然免不了被判处死刑的下场……

《列那狐的故事》是一部讽刺作品，它假托动物世界，赋予群兽以人的行动、语言、思想和感情，以兽喻人，影射人类社会，生动地表现了中世纪法国社会复杂的矛盾和斗争现实，揭露了封建统治阶级的丑恶和腐败。作品中所有的动物都有各自的名字、身份和性格，而且像人一样生活在等级分明的社会中：狮子诺布尔是国王，代表着最高封建统治者，他横行霸道，独断专行；狼伊桑格兰和狗熊布朗等是贵族廷臣，为非作歹，强取豪夺；贝尔纳主教是一头笨驴；教皇代表夏莫是一只骆驼；普利莫在祭坛上大唱弥撒，是一头嗜酒的狼；而鸡、兔、猫、蜗牛等弱小的动物则是广大被压迫阶级，是下层社会的代表人物。至于列那狐，他的形象则最为复杂：尽管在故事中他是贵族廷臣之一，但在和狼、熊、狮等的斗争中，他却是一个反封建的人物，是市民阶层的代表；他捉弄国王，杀害大臣，嘲笑教会，几乎无法无天；他是智力的象征，他的胜利表示市民智慧战胜了封建暴力。另一方面，列那狐身上也体现出市民阶级的双重性：他对下层社会的普通百姓极端蔑视，肆意欺凌和虐杀没有防卫能力的弱小动物，许多鸡、兔、鸟儿几乎成了他的腹中之物；他对弱小者的欺凌，理所当然地引起了弱小者的反抗，其行为受到了作者的谴责，因此在与弱小者的斗争中，列那总是失败者。在这一意义上，列那狐又是城市上层市民的形象。故事通过列那狐的经历，形象地反映出欧洲中世纪封建社会这个黑暗、充满欺诈、掠夺和弱肉强食的野蛮世界。

《列那狐的故事》对法国乃至欧洲文学都产生过很大的影响，其富于讽刺性和喜剧性的特色，不仅是17世纪法国著名寓言诗人拉封丹作品的直接源头，而且为18世纪的写实小说和19世纪的批判现实主义小说开辟了道路。

正是由于《列那狐的故事》的巨大影响，列那的名字从中世纪起就在法国家喻户晓，以至于它的名字最后取代了古法语中表示狐狸的单词“古比尔”，成为今天法语中对狐狸的称呼。

本书乃根据19世纪法国著名中世纪文学史家保兰·帕里的散文改写版译出。编著者将二十七组诗的原作用现代法语改写成两部共六十个列那狐的故事：第一部主要讲述列那与伊桑格兰以及其他动物的恩怨；第二部则着重描绘对列那的审判，并且加入了少量编著者的说明和注解。

改写后的《列那狐的故事》，不仅保留了原作的全部精髓，而且避免了原作冗长重复、结构松散、晦涩难懂的缺点，使原本用古法语写就的列那的故事变得浅显易懂、生动活泼。然而，为了让今天的读者领略原作的中世纪遗风，编著者在不影响理解的前提下，适当保留了一些古法语词汇和表达方式，并且对一些结构不连贯、情节不协调的细枝末节加以保留，由此造成了书中少量动物名字前后不对应、故事不衔接。也许读者可以通过类似微小的瑕疵，更真切地了解这部中世纪市民文学巨著的本来面貌。

陈　伟

2008年7月于上海

经典译林

Yilin Classics

书名	单价	书名	单价
艾青诗集	35.00 元	爱的教育	39.00 元
癌症楼	78.00 元	安娜·卡列尼娜	49.00 元
安徒生童话选集	42.00 元	傲慢与偏见	36.00 元
八十天环游地球	32.00 元	巴黎圣母院	42.00 元
白洋淀纪事	32.00 元	百万英镑	35.00 元
包法利夫人	38.00 元	悲惨世界（上、下）	98.00 元
背影	28.00 元	被侮辱与被损害的人	39.00 元
边城	36.00 元	变色龙：契诃夫中短篇小说集	39.00 元
变形记 城堡	38.00 元	草叶集：惠特曼诗选	39.00 元
茶馆	32.00 元	茶花女	35.00 元
查拉图斯特拉如是说	38.00 元	沉思录	22.00 元
城南旧事	29.00 元	大卫·科波菲尔（上、下）	79.00 元
地心游记	32.00 元	飞鸟集·新月集：泰戈尔诗选	39.00 元
飞向太空港	39.00 元	福尔摩斯探案集	58.00 元
复活	42.00 元	傅雷家书	49.00 元
富兰克林自传	36.00 元	钢铁是怎样炼成的	39.00 元
高老头	29.80 元	格列佛游记	35.00 元
格林童话全集	49.00 元	给青年的十二封信	29.00 元
古希腊悲剧喜剧集（上、下）	69.80 元	海底两万里	38.00 元
红楼梦	55.00 元	红与黑	49.00 元

书名	单价	书名	单价
呼兰河传	35.00 元	呼啸山庄	39.00 元
基督山伯爵（上、下）	108.00 元	纪伯伦散文诗经典	42.00 元
寂静的春天	35.00 元	假如给我三天光明	32.00 元
简·爱	39.00 元	金银岛	35.00 元
荆棘鸟	45.00 元	静静的顿河	128.00 元
镜花缘	39.00 元	局外人·鼠疫	38.00 元
菊与刀	35.00 元	宽容	32.00 元
昆虫记	39.00 元	老人与海	32.00 元
理想国	45.00 元	聊斋志异	55.00 元
列那狐的故事	39.00 元	猎人笔记	38.00 元
林肯传	28.00 元	鲁滨逊漂流记	39.00 元
绿山墙的安妮	36.00 元	罗马神话	16.80 元
罗生门	39.00 元	骆驼祥子	32.00 元
麦田里的守望者	38.00 元	美丽新世界	35.00 元
名人传	39.00 元	拿破仑传	38.00 元
呐喊	23.00 元	牛虻	38.00 元
欧·亨利短篇小说选	36.00 元	欧也妮·葛朗台	32.00 元
彷徨	32.00 元	培根随笔全集	28.00 元
飘（上、下）	88.00 元	普希金诗选	42.00 元
乞力马扎罗的雪	39.80 元	热爱生命·海狼	38.00 元
人类群星闪耀时	36.00 元	人性的弱点	28.00 元
儒林外史	42.00 元	三个火枪手	59.00 元
三国演义	59.00 元	沙乡年鉴	42.00 元
莎士比亚喜剧悲剧集	49.00 元	少年维特的烦恼	28.00 元

书名	单价	书名	单价
神秘岛	48.00 元	神曲（共三册）	128.00 元
圣经故事	35.00 元	十日谈	38.00 元
双城记	45.00 元	水浒传	69.00 元
四世同堂（上、下）	78.00 元	苔丝	39.00 元
谈美	26.00 元	谈美书简	28.00 元
汤姆叔叔的小屋	45.00 元	汤姆·索亚历险记	32.00 元
唐诗三百首	39.00 元	堂吉诃德	62.00 元
天方夜谭	42.00 元	童年	38.00 元
童年·在人间·我的大学	49.00 元	瓦尔登湖	28.00 元
我是猫	39.00 元	物种起源	42.00 元
雾都孤儿	44.00 元	西顿野生动物故事集	38.00 元
西游记	48.00 元	希腊古典神话	49.00 元
乡土中国	36.00 元	小妇人	45.00 元
小王子	29.00 元	星星离我们有多远	35.00 元
羊脂球	38.00 元	一九八四	36.00 元
伊索寓言全集	35.00 元	尤利西斯	58.00 元
约翰·克利斯朵夫（上、下）	98.00 元	月亮和六便士	45.00 元
战争与和平（上、下）	108.00 元	朝花夕拾	22.00 元
中国民间故事	39.00 元	中国哲学简史	48.00 元
子夜	49.00 元	最后一课	36.00 元